パティシエ★すばる

おねがい！カンノーリ

つくもようこ／作《さく》　烏《からす》羽《ば》 雨《あめ》／絵《え》

講談社 青い鳥文庫

もくじ

お話《はなし》に出《で》てくる人《ひと》たち

星野《ほしの》　すばる

三度《さんど》のごはんより、スイーツが大好《だいす》き！　カノン、渚《なぎさ》といっしょに、本当《ほんとう》のホンキで、パティシエをめざして修業中《しゅぎょうちゅう》。「小学生《しょうがくせい》トップ・オブ・ザ・パティシエ・コンテスト」で優勝《ゆうしょう》して、おじいさんの国《くに》、オーストリアにあるウィーンに行《い》きたいと思《おも》っている。

山本《やまもと》　渚《なぎさ》

すばるの幼《おさな》なじみ。算数《さんすう》が得意《とくい》で、お菓子作《かしづく》りの材料《ざいりょう》の配合《はいごう》の計算《けいさん》はおまかせ！

村木《むらき》　カノン

すばるの大親友《だいしんゆう》。ファッションセンスがばつぐん。デコレーションが得意《とくい》。

「パティシエ☆すばる」の

緑川《みどりかわ》　つばさ

すばるたちの同級生《どうきゅうせい》でパティシエ修業《しゅぎょう》のライバル。かわいくって、なんでもできて、いつもやる気《き》いっぱいの女《おんな》の子《こ》。

マダム・クロエ

すばるたちの先生《せんせい》。かつて超《ちょう》人気店《にんきてん》の伝説《でんせつ》のパティシエだった。いまは注文《ちゅうもん》に合《あ》わせてケーキを作《つく》るアトリエを開《ひら》いている。

ルカ

5年生《ねんせい》の始業式《しぎょうしき》の日《ひ》、つばさの家《いえ》にやってきた、イタリア人《じん》の男《おとこ》の子《こ》。日本《にっぽん》が大好《だいす》き。

ダニエラ

世界的《せかいてき》に有名《ゆうめい》な大女優《だいじょゆう》。人気《にんき》シリーズの映画《えいが》「孤独《こどく》な旅行者《りょこうしゃ》」に主役《しゅやく》で出演《しゅつえん》している。

1　五年生《ねんせい》になりました！

おはよう、みなさん！　できたてホカホカのパンケーキみたいに、五年生《ねんせい》になりたてホヤホヤの星野《ほしの》すばるです。

なぜホカホカでホヤホヤかっていうと、今日《きょう》は皇子台小学校《おうじだいしょうがっこう》の新年度始業式《しんねんどしぎょうしき》だからなの。

いよいよわたしも高学年《こうがくねん》、気合入《きあいい》れてがんばるぞ！

それに、もっとがんばらなくちゃいけないことがあるんだ。それは――。

『小学生《しょうがくせい》トップ・オブ・ザ・パティシエ・コンテスト』の予選《よせん》があるからね！

わたしは『お菓子《かし》のアトリエ　マダム・クロエ』で修業中《しゅぎょうちゅう》の〝パティシエ見習《みなら》い〟。

本気《ほんき》のホンキでコンテストで優勝《ゆうしょう》をめざしているんだもん。

とは言《い》っているけど、こころの奥《おく》はモヤモヤ……。

だって五年生《ねんせい》の始業式《しぎょうしき》だというのに、新《あたら》しいクラスと担任《たんにん》の先生《せんせい》が知《し》らされていないの。

信《しん》じられないでしょ？　でも、ホントだよ。

みんなの学校《がっこう》の『クラスがえの発表《はっぴょう》』って、どうしてる？　わたしの皇子台小《おうじだいしょう》はちょっと変《か》わった方法《ほうほう》なんだ。

始業式《しぎょうしき》まえに、クラスがえのある新《しん》三年生《ねんせい》と、新《しん》五年生《ねんせい》が体育館《たいいくかん》に集《あつ》められて、『新《しん》クラス発表式《はっぴょうしき》』が行《おこな》われるんだ。

だから遅刻《ちこく》したら大変《たいへん》！　自分《じぶん》のクラスがわからないまま、始業式《しぎょうしき》に出《で》なくちゃならないからね。

「あー、ソワソワする……。わたしたち、同《おな》じクラスになれるかな？」

体育館《たいいくかん》の入《い》り口《ぐち》、下駄箱《げたばこ》の前《まえ》でカノンが立《た》ち止《ど》まって言《い》った。

カノンはわたしのいちばんの仲《なか》よし、いっしょにパティシエ修業《しゅぎょう》している〝パティシエ見習《みなら》い〟なんだよ。もちろん、コンテストにも出《で》るよ。

「うん、ドキドキだね。わたし、クラスがえが気《き》になって朝《あさ》ゴハンのパンケーキ、一枚《まい》しか食《た》べられなかったよ。」

ふたりで顔《かお》を見合《みあ》わせて、ため息《いき》をついた。

おかしいなぁ、きのうはぜんぜん心配《しんぱい》じゃなかったのに、なんでだろう？

きのうはわたしの家《いえ》で、カノンと渚《なぎさ》、つばさちゃん、四人《にん》で手作《てづく》りのココスアイスを食《た》べたんだ。そのときは、「ちょっと心配《しんぱい》！　けど、楽《たの》しみ！」ってワクワクしていたんだ。

ひとりだけちがうクラスになっても、だいじょうぶ。わたしたちは、お菓子《かし》でつながっているから、さびしくない！　って強《つよ》く思《おも》ってた。

だけど、今日《きょう》になってみたら、心配《しんぱい》でしんぱいで……。

わたしは、三年生《ねんせい》のときのことを思《おも》いだした。自己紹介《じこしょうかい》、イヤだったなぁ。

あのね、わたしのママはオーストリア人《じん》と日本人《にほんじん》のハーフなの。パパは日本人《にほんじん》だから、わたしは『クォーター』なんだよ。

クォーターっていうのは、四分《ぶん》の一って意味《いみ》ね。つまりわたしの四分《ぶん》の一はオーストリア人《じん》なんだ。

だからかな、目《め》の色《いろ》がみんなとちがう。

オーストリア人《じん》のおじいさんと同《おな》じ、茶色《ちゃいろ》がかった緑色《みどりいろ》の瞳《ひとみ》……。

みんなとちがうことがすごくイヤで、見《み》つからないよう自己紹介《じこしょうかい》は前髪《まえがみ》で目《め》をかくしてた。

まぁ、そんなことしたって、だんだんバレてくるんだけど。

「あっ、星野《ほしの》の目《め》の色《いろ》スゲー変《か》わってる！」

ってなるの。

でもカノンはちがったの。わたしの瞳《ひとみ》をジッと見《み》つめて……。

「キレイな瞳《ひとみ》！　すてきな色《いろ》ね、うらやましいな。」

って言《い》ってくれたの。すごく、こころが軽《かる》くなった。みんなとちがっていることを、ほめてくれたんだもん。

カノンが大好《だいす》き。はじめての〝親友《しんゆう》〟。別《わか》れたくないよぉ――。

「今度《こんど》こそ、お別《わか》れだな。」

うしろから声《こえ》がきこえた。ドキッとしてふりむいたら渚《なぎさ》だった。渚《なぎさ》もいっしょにパティシエをめざしている〝パティシエ見習《みなら》い〟だよ。

「うん、渚《なぎさ》とは今度《こんど》こそお別《わか》れだね。幼稚園《ようちえん》からずっと同《おな》じクラスだもん。またいっしょなんて、マジありえないし！」

わたしはキッパリと言《い》った。

「おはよう、渚《なぎさ》くん、すばるちゃん、カノンちゃん！」

あっ、緑川《みどりかわ》つばさちゃんだ。

「おはよー、つばさちゃん。クラスがえの発表《はっぴょう》、ドキドキするねー。」

わたしが言《い》うと、「ううん。」って首《くび》をふった。

「クラスがえっていっても、うちの学年《がくねん》は四十六人《にん》、ほとんど全員《ぜんいん》知《し》っているじゃない。そんなに心配《しんぱい》することじゃないわ。それよりわたし、もっと大変《たいへん》なことがあるの……。」

早口《はやくち》でそう言《い》って、ランドセルの中《なか》から本《ほん》をとりだしてみせた。

『はじめてのイタリア語会話《ごかいわ》』って書《か》いてある……。

クラスがえより大変《たいへん》なことってなに？　ってか、その本《ほん》なに？

「ねぇ、つばさちゃん……。」

キーンコーン、カーンコーン――。

わたしがたずねようとしたら、体育館《たいいくかん》にチャイムがひびいた。

いよいよ、新《しん》クラスの発表《はっぴょう》だ。

マイクを持《も》った教頭先生《きょうとうせんせい》と四人《にん》の先生《せんせい》が入《はい》ってきた。体育館《たいいくかん》じゅうがシーンとなった。

「みなさん、おはようございます。それでは『新《しん》クラス発表式《はっぴょうしき》』をはじめます。静《しず》かにしていないと、自分《じぶん》のクラスが、わからなくなりますよ。では、三年生《ねんせい》から――。」

わたし、ドキドキしすぎて頭《あたま》がボーッとしてきた……。

三年生《ねんせい》の発表《はっぴょう》が終《お》わって、いよいよ五年生《ねんせい》だ。

残《のこ》っている先生《せんせい》は山田先生《やまだせんせい》と大江山先生《おおえやませんせい》。わたしの担任《たんにん》は、どちらの先生《せんせい》かな？

「五年《ねん》一組担任《くみたんにん》の山田《やまだ》さちのです。それでは一組《くみ》の名簿《めいぼ》を読《よ》み上《あ》げます。相沢《あいざわ》さつきさん、江川翔太《えがわしょうた》さん……。」

発表《はっぴょう》がはじまった。わたしは、自分《じぶん》の名前《なまえ》をききのがさないよう、目《め》をとじて耳《みみ》をすました。


あぁ……やったぁ！　うれしい！　神《かみ》さまありがとう！

そしてみなさま！　ご心配《しんぱい》をおかけしました。わたし、星野《ほしの》すばるは、村木《むらき》カノンと同《おな》じクラスになりました☆　ふたりそろって五年《ねん》一組山田学級《くみやまだがっきゅう》です。

ホントうれしくって、ふたりで抱《だ》きあっちゃった。

ついでに言《い》うと、渚《なぎさ》も五年《ねん》一組《くみ》です。そう、渚《なぎさ》とは、お別《わか》れできませんでした。わたしたちは幼稚園《ようちえん》の年中組《ねんちゅうぐみ》から五年生《ねんせい》のいままで、まさかの七年連続同《ねんれんぞくおな》じクラスです！　信《しん》じられないでしょ。

去年《きょねん》まで『はなれられない、運命《うんめい》のふたり！』って言《い》われて、からかわれたけど、今年《ことし》はだれもがスルーよ。もはやみんなの『ネタ』にもならないって感《かん》じ。

無事《ぶじ》クラス発表《はっぴょう》が終《お》わって、新年度《しんねんど》始業式《しぎょうしき》がはじまった。

クラスがえでこころのエネルギーを消耗《しょうもう》しちゃったわたし、ボーッとしていたら、いつのまにか始業式《しぎょうしき》が終《お》わってた。

「うーん、つかれたぁ。」

体育館《たいいくかん》と校舎《こうしゃ》をつなぐわたりろうかで、わたしはグーンとのびをした。校庭《こうてい》でツバメがスイーッと輪《わ》を描《か》いた。

どこかに巣《す》があるのかな？　あたりをキョロキョロ探《さが》していたら……。

「体育館《たいいくかん》の軒下《のきした》。ホラ、あそこ。」

つばさちゃんの声《こえ》がした。

わたしは、つばさちゃんとツバメの巣《す》を見上《みあ》げた。

カノンと渚《なぎさ》とわたしは、一組《くみ》。だけどつばさちゃんは、二組《くみ》だった。ガッカリしているだろうなぁ。悲《かな》しいだろうな。

『クラスは別《わか》れたけど、わたしたちはお菓子《かし》でつながっているからね！』

目《め》を見《み》て、励《はげ》まそうと思《おも》っているのに、鼻《はな》の奥《おく》がツンとして、なかなか言《い》えない。ただ、ツバメの巣《す》を見《み》つめている。

すると——。

「クラスがえのことばかり考《かんが》えていたから、ツバメの巣《す》に気《き》がつかなかったんでしょ？

わたしは、気《き》づいてたわ。」

つばさちゃんが、わたしの顔《かお》を見《み》て言《い》った。

いつもどおり。あごを上《あ》げて、ちょっとえらそうな感《かん》じの、つばさちゃんだ。

「クラスは別《わか》れちゃったけど、友《とも》だちが終《お》わったわけじゃないでしょ？　それに『小学生《しょうがくせい》トップ・オブ・ザ・パティシエ・コンテスト』の予選《よせん》もあるし——。ライバル同士《どうし》は、別々《べつべつ》のクラスがいいわよ。じゃあね！」

わたしをはげますように一気《いっき》にしゃべって、つばさちゃんが走《はし》っていった。

なんか、カッコイイ。

わたしが同《おな》じ立場《たちば》だったら、あんなふうに前向《まえむ》きでいられないよ――。


五年《ねん》一組《くみ》の教室《きょうしつ》は、三階《がい》だった。

「山田先生《やまだせんせい》、ぜったいオシャレ好《ず》きだね。毎日《まいにち》のファッションチェックが楽《たの》しみだな☆」

踊《おど》り場《ば》の鏡《かがみ》で、ヘアピンをつけなおしながら、カノンが言《い》った。

「えっ、山田先生《やまだせんせい》ってオシャレなの？　地味《じみ》な白《しろ》いポロシャツに黒《くろ》いスカートだったよ。」

わたしはカノンにきいた。

「甘《あま》いな、すばる！　ポロシャツのそで、微妙《びみょう》にふくらんだパフスリーブよ。スポーティーなポロシャツに、甘《あま》いテイストが入《はい》っているでしょ。だからボトムに黒《くろ》のフレアースカートを選《えら》んだのよ。そして上《うわ》ばきがわりの白《しろ》いスニーカー。ちっちゃな葉《は》っぱの刺繍《ししゅう》がついてるの、気《き》がついた？　あれはフレッドペリーよ。ねっ、オシャレでしょ？」

って言《い》った。ダメだ、わたし。なにを言《い》っているか、一ミリもわかんないよ。

さすが皇子台小《おうじだいしょう》のオシャレ番長《ばんちょう》。五年生《ねんせい》になって、パワーアップしているわ。

新《あたら》しい教室《きょうしつ》は水色《みずいろ》のカーテンだった。山田先生《やまだせんせい》が窓《まど》をあけたら、フワッと洗濯《せんたく》のりの香《かお》りがした。新学期《しんがっき》のにおいだね。

席《せき》はとりあえず、名簿順《めいぼじゅん》にすわった。わたしのとなりは渚《なぎさ》、うしろはカノンだ。

わたしは「星野《ほしの》」で「は行《ぎょう》」、カノンは「村木《むらき》」で「ま行《ぎょう》」、渚《なぎさ》は「山本《やまもと》」で「や行《ぎょう》」だからね。名簿順《めいぼじゅん》だと席《せき》が近《ちか》くなっちゃうんだ。

「明日《あした》は入学式《にゅうがくしき》で五年生《ねんせい》はお休《やす》みです。明後日《あさって》は、班《はん》と係決《かかりぎ》め、クラス委員選挙《いいんせんきょ》もあります。そして、いよいよクラブ活動《かつどう》がはじまります。どこへ入《はい》るか、考《かんが》えておきましょうね。では、今日《きょう》はこれでおしまいです。はいっ、全員《ぜんいん》であいさつ！」

山田先生《やまだせんせい》がキリッと言《い》った。

「さようなら！」

山田先生《やまだせんせい》って、めっちゃ話《はなし》が短《みじか》いぞ。やったね、もう帰《かえ》りの会《かい》が終《お》わっちゃった。

ランドセルをしょって、帰《かえ》ろうとしたら……。

「はぁぁぁ〜。」

となりの席《せき》の渚《なぎさ》が、長《なが》いため息《いき》をついた。

「クラスが決《き》まってひと言《こと》もしゃべらないと思《おも》ってたら、なにそのため息《いき》？」

わたしがきいたら、

「――はぁぁ。すばるは、さびしくないのか？　オレはすごくさびしい！　きっと、つばさちゃんもさびしくて、ため息《いき》をついてるだろうなぁ。」

真剣《しんけん》な顔《かお》で言《い》った。

「ったく……。帰《かえ》りの会《かい》が終《お》わったんだから、帰《かえ》ろうよ。」

つばさちゃんは、クラスがえくらいで落《お》ちこんだりしないのに。わかってないなぁ。

あーあ、机《つくえ》につっぷしちゃって――。

「渚《なぎさ》、ほら。となりのクラス、やっと終《お》わったみたいだよ。」

わたしとカノンは渚《なぎさ》を連《つ》れて、ろうかへ出《で》た。

つばさちゃんが本《ほん》を読《よ》みながら、二組《くみ》の教室《きょうしつ》から出《で》てきた。体育館《たいいくかん》でも読《よ》んでいた『はじめてのイタリア語会話《ごかいわ》』だ。

21

「つばさちゃん！　ひさしぶり、元気《げんき》？」

渚《なぎさ》が声《こえ》をかけた。なんじゃい渚《なぎさ》、〝ひさしぶり〟って大《おお》げさな。

「あっ、渚《なぎさ》くん──。すばるちゃんたちも！　まっててくれたの？」

つばさちゃんが顔《かお》を上《あ》げて、ニコッと笑《わら》った。

でね、わたしたち、気《き》がついたの。クラスがちがうと、話《はな》すことがいっぱいある！ってこと。二組《くみ》の大江山先生《おおえやませんせい》が熱血《ねっけつ》すぎて、話《はなし》が長《なが》いとか、一組《くみ》の山田先生《やまだせんせい》は見《み》た目《め》よりサバサバしてるとか、おたがいのクラスの情報交換《じょうほうこうかん》ができるからね。

「あっ、いけないいっ！」

とつぜんつばさちゃんが、大《おお》きな声《こえ》を出《だ》した。

「ママとまちあわせしていたの。ごめん、先《さき》に帰《かえ》るね！」

あわてて走《はし》っていっちゃった。

「相変《あいか》わらず、いそがしそうだね。」

わたしはうしろ姿《すがた》を見《み》ながらつぶやいた。

「あれ、これなに？」

カノンがろうかのロッカーの上《うえ》におかれた本《ほん》を見《み》つけた。

赤《あか》い表紙《ひょうし》の本《ほん》――。

「あっ、『はじめてのイタリア語会話《ごかいわ》』。これ、つばさちゃんの本《ほん》だよ。」

わたしが言《い》うと――。

「むずかしい本《ほん》を読《よ》んでいるなぁ。オレ、とどけてくる。」

渚《なぎさ》が本《ほん》を手《て》に走《はし》りだした。わたしたちもあとを追《お》いかける。校門《こうもん》を出《で》て、つばさちゃんの姿《すがた》を探《さが》していたら……。

――ブロロロッ。

低《ひく》い車《くるま》のエンジン音《おん》がきこえた。

校門《こうもん》から少《すこ》しはなれたところに白《しろ》い外国製《がいこくせい》の車《くるま》が止《と》まっている。つばさちゃんのママの車《くるま》だ。

「つばさちゃーん！　わすれものー！」

大声《おおごえ》でさけんだけど、とどかない。つばさちゃんを乗《の》せた車《くるま》が、ゆっくりわたしたちの目《め》の前《まえ》を、通《とお》りすぎていった。

あっ！　一瞬《いっしゅん》、目《め》を疑《うたが》った。

「車《くるま》の中《なか》、見《み》た？」

わたしは、あわててカノンにきいた。

「うん、バッチリ見《み》た。知《し》らない男《おとこ》の子《こ》といっしょだった！」

カノンの目《め》がグインと大《おお》きくなった。

「アイツ、だれなんだ……。」

つばさちゃんのわすれものを手《て》に、渚《なぎさ》が力《ちから》なくつぶやいた。

2　緑川《みどりかわ》つばさ、国際交流《こくさいこうりゅう》します！

大変《たいへん》！　すばるちゃんたちとのおしゃべりが楽《たの》しくて、ママとまちあわせしていたこと、わすれてた――。

いそげ、いそげ！【危険《きけん》!!　ろうかを走《はし》らない】かべに貼《は》ってある注意書《ちゅういが》きを横目《よこめ》で見《み》て、わたしは下駄箱《げたばこ》まで早足《はやあし》でダッシュした。（走《はし》ってはいません！）

校門《こうもん》を出《で》て、キョロキョロ。ママの車《くるま》は、どこかしら？

歩道《ほどう》と車道《しゃどう》をわけるガードレールのちょっと切《き》れたところに、白《しろ》い車《くるま》が止《と》まっている。

ウインカーがチカチカと光《ひか》ってる――ママだ！

と、思《おも》ったら――。

「つばさちゃん、こっちよぉ～！」

車《くるま》から顔《かお》を出《だ》して、ママがさけんだ。

もう、声《こえ》が大《おお》きすぎ。歩《ある》いている子《こ》たちが、いっせいにふりむいたじゃない。わたしはこれ以上《いじょう》ママがさけばないように、全速力《ぜんそくりょく》で走《はし》った。

車《くるま》のドアをあけて、いそいで助手席《じょしゅせき》にすべりこんだら——。

「チャオ！」

後部座席《こうぶざせき》から明《あか》るい声《こえ》がした。

（うわぁ……。どうしよう！　ほんとうに、来《き》たんだ。）

外国《がいこく》の男《おとこ》の子《こ》と会《あ》うの、はじめて。

しかも、超《ちょう》セレブの〝あの人《ひと》〟の子《こ》どもなんだよね。

ドキドキしているの、気《き》づかれないようにしなきゃ……。

こころの中《なか》であせって、でも、落《お》ちついて、ゆっくりふりかえった。

ダークブラウンの髪《かみ》、グレーの瞳《ひとみ》、ピンクのポロシャツに水色《みずいろ》のパンツ、裾《すそ》をクルクルとロールアップしてる。あっ、素足《すあし》に白《しろ》いデッキシューズをはいてる。

渚《なぎさ》くんはぜったいしない、大人《おとな》みたいなファッションだわ。ポロシャツのえりを立《た》てている子《こ》どもって、はじめて会《あ》った。『ちょい悪《わる》オヤジ』みたい——。

「つばさちゃん、こちらがルカくんよ。ほら助手席《じょしゅせき》に座《すわ》ってないで、ルカくんのおとなりに移《うつ》って。」

ママが男《おとこ》の子《こ》を紹介《しょうかい》した。

『はじめてのイタリア語会話《ごかいわ》』の本《ほん》には、「〝チャオ〟は親《した》しい人《ひと》とのあいさつ。お別《わか》れの言葉《ことば》にも使《つか》われる。」って書《か》いてあった。はじめて会《あ》ったのに、〝親《した》しいあいさつ〟するんだ……。

「ミ・キアーモ、つばさ。ディエチ・アンニ。ピアチェーレ。」

わたしはドキドキしながらイタリア語《ご》であいさつした。〝わたしの名前《なまえ》はつばさです。十歳《さい》です。よろしく。〟と言《い》ったつもりだけど、通《つう》じたかな？

「おー、つばさというのですね。ぼくはルカ。ルカ・アーマ・ウナ・トルタです。じゅっさいです。よろしくおねがいします。」

男《おとこ》の子《こ》が、かんぺきな日本語《にほんご》で答《こた》えた。

「おどろいた。日本語《にほんご》じょうず！」

「はい、にほんの、えいがをみて、にほんがすきになりました。いま、べんきょうしています。つばさこそ、イタリアご、じょうずです。」

ルカくんがバチッとウインクした。小学生《しょうがくせい》なのに、十歳《さい》なのに、ウインク!?

この子《こ》『ちょい悪小学生《わるしょうがくせい》』だわ。

「ほんとうにルカくんの日本語《にほんご》は、ママのイタリア語《ご》よりじょうず。ふたりとも仲《なか》よくしてね。」

ママはうれしそうに言《い》って、アクセルをふんだ。

低《ひく》いエンジン音《おん》をひびかせて車《くるま》が走《はし》りだした。歩道《ほどう》に、渚《なぎさ》くんとすばるちゃんとカノンちゃんが見《み》えた。

なにかさけんでる、どうしたんだろう?

「さぁ、わが家《や》へ行《い》くまえに、少《すこ》しドライブしましょう。」

ママはそう言《い》ってハンドルをきった。

ルカくんが、食《く》い入《い》るように窓《まど》から外《そと》を眺《なが》めている。田植《たう》えまえの田《た》んぼ、大型《おおがた》チェーン店《てん》、神社《じんじゃ》、住宅地《じゅうたくち》。ときどきイタリア語《ご》でなにかつぶやいている。

わたしには〝たいくつな風景《ふうけい》〟でも、ルカくんには〝楽《たの》しい風景《ふうけい》〟か……。

なんだかヒマになっちゃった。そうだ、みなさんに説明《せつめい》するのをわすれてたわ。不思議《ふしぎ》に思《おも》っているでしょう?

「なぜ、イタリア人《じん》の小学生《しょうがくせい》とわたしがいっしょにいるか?」

それは朝食《ちょうしょく》のとき。ママがとつぜん言《い》いだしたの。

「つばさちゃん、ビックリしないでね。今日《きょう》、イタリア人《じん》のお客《きゃく》さまが来《く》るの。ルカくんという名前《なまえ》で、つばさちゃんと同《おな》じ十歳《さい》の男《おとこ》の子《こ》よ。」

それだけ言《い》って、パパを見《み》た。

パパはコーヒーをひと口《くち》飲《の》んで——。

「昨夜《ゆうべ》おそく、パパの学生時代《がくせいじだい》の友《とも》だちから連絡《れんらく》があったんだよ。〝ある人《ひと》〟の息子《むすこ》さんが、『日本《にっぽん》の子《こ》どもと友《とも》だちになりたい。』と言《い》っている、とね。偶然《ぐうぜん》にもつばさと同《おな》じ年《とし》だし、いい経験《けいけん》だと思《おも》って、うちへご招待《しょうたい》したんだ——。」

パパがわたしを見《み》て言《い》った。

「それが、今日《きょう》？　イヤ、とつぜんすぎる！」

いつもお行儀《ぎょうぎ》よいわたしだけど、おどろいてさけんじゃった。

「そう言《い》うのもわかる。だけどね――。とてもとても、いい経験《けいけん》なんだよ。それに、ホラ！　ママはイタリア語《ご》がわかるんだ。イタリア語《ご》がわかる人《ひと》は、そういないから。だってママはイタリアの航空会社《こうくうがいしゃ》のＣＡ《キャビン・アテンダント》だったからね。」

わたしのパパはお医者《いしゃ》さん。いつも理路整然《りろせいぜん》と話《はな》すのに、今日《きょう》は、ソワソワしている。

「そうなのよ！　英語《えいご》のほうが得意《とくい》だけど、イタリア語《ご》も、少《すこ》しは話《はな》せるから……。そう、つばさちゃんに話《はな》したかしら？　パパとはじめて知《し》り合《あ》ったのは、ローマへ向《む》かう機内《きない》だったのよ。」

ママがうっとり思《おも》い出話《でばなし》をはじめた。この話《はなし》、百回《かい》はきいてるって……。ドジなＣＡ《シーエー》一年生《ねんせい》のママが、パパの肩《かた》にコーヒーをかけちゃって――。それが運命《うんめい》の出会《であ》い。とかいうんでしょ。もう――。

「わかりました、ママ。ルカって子《こ》と仲《なか》よくするから。」

わたしは、思《おも》い出話《でばなし》をさえぎるように、言《い》った。

「まぁ、よかったわ！　きっと、よいお友《とも》だちになれるわ。」

ママが、うれしそうに言《い》った。

でもね、こんな急《きゅう》な話《はなし》、ママもパパもどうしてオッケーしたんだろう？

わたしは、「わかりました。」と言《い》ったけど、納得《なっとく》したわけじゃない。あきらめたの。ひとりっ子《こ》は〝わがまま〟って言《い》われるけど、ちがう。

大人《おとな》が二、子《こ》どもは一……。〝家庭内多数決《かていないたすうけつ》〟で負《ま》けているから、あきらめてばかり。

あーあ、今日《きょう》は五年生《ねんせい》の始業式《しぎょうしき》。クラスがえの発表《はっぴょう》がある日《ひ》で、朝《あさ》からソワソワ落《お》ちつかない。そんな大切《たいせつ》な朝《あさ》に、こんなことって――。

「その〝ある人《ひと》〟って、いったいだれなの？」

わたしはママにきいた。すると、ママがリビングのテレビを指《ゆび》さした。

「……まぁ！　〝ある人《ひと》〟がテレビに映《うつ》っているわ。でも、このことはぜったい秘密《ひみつ》。トップシークレット、極秘《ごくひ》よ。」

ママが真剣《しんけん》な顔《かお》で言《い》った。

「えっ、この人《ひと》が〝ある人《ひと》〟なの!?」

わたしの目《め》は、テレビにくぎづけ。輝《かがや》く笑顔《えがお》でフラッシュを浴《あ》びている人《ひと》が映《うつ》ってる。

「この人《ひと》!?　ホントにこの人《ひと》の息子《むすこ》さんが、うちに来《く》るの!?」

ママにきいたら、

「これからホテルへ男《おとこ》の子《こ》をむかえに行《い》って、それからつばさちゃんを、むかえに行《い》くわね。」

ママがキリッと言《い》った。


これが、ルカくんがここにいる理由《りゆう》なの。

「わかったようで、わからない」って？　ホントごめんなさい、これ以上《いじょう》は話《はな》せない。トップシークレットの〝極秘《ごくひ》〟だからね。

おかげで急《きゅう》にイタリア語《ご》をおぼえなくちゃならなくて、クラスがえの心配《しんぱい》どころじゃなかったの。あんなにあせっておぼえたのに……。

ルカくんが日本語《にほんご》話《はな》せるなんて、予想外《よそうがい》だわ。

車《くるま》がスピードを落《お》として角《かど》をまがった。もうすぐ家《いえ》につくね。

「さぁ、わが家《や》につきました。プレーゴ、どうぞ！」

車《くるま》からおりて、ママが玄関《げんかん》のドアをあけた。

ルカくんのために、ママが用意《ようい》したランチはパスタとイタリアのパン、ステーキのバルサミコソースだった。とってもおいしかったよ。

朝《あさ》はホテルへルカくんをむかえに行《い》って、わたしをむかえに来《き》て、ランチの用意《ようい》……。

いつも思《おも》うけど、ママのパワーはどこから来《く》るんだろうな。

「ねぇ、ルカくん。つばさとどこへ行《い》きたいかしら？　なんでも言《い》っていいのよ。」

ママがきいた。

「はい。にほん　らしいところへ　いきたいです。」

ルカくんがニッコリ答《こた》えた。

「それなら――。ファッションの原宿《はらじゅく》、アニメの秋葉原《あきはばら》ね、どちらがいいかしら？」

ママが言《い》うと――。

「ノォ、ノン！　ボクは、むかしのにほんがすきです。トラディツィナーレ……でんとう

てきなたいけん　がしたい　です。」

伝統的《でんとうてき》って……？

伝統的《でんとうてき》な体験《たいけん》といえば、華道《かどう》、茶道《さどう》、柔道《じゅうどう》、剣道《けんどう》、それに書道《しょどう》……。いろいろ思《おも》いつくけど、ママのいちばん苦手《にがて》な分野《ぶんや》だ。

「つばさちゃん、お習字《しゅうじ》を習《なら》っているじゃない。」

ママが言《い》った。ムリムリ、教《おし》えるほどじょうずではないもん。お茶《ちゃ》もお花《はな》もやめちゃったし、こまったなぁ。

そのとき……。

――リンゴーン。

玄関《げんかん》チャイムが鳴《な》った。モニターに、渚《なぎさ》くん、カノンちゃん、すばるちゃんが映《うつ》っている。

「つばさちゃん、わすれものをとどけに来《き》たよ。」

渚《なぎさ》くんが、カバンから本《ほん》を出《だ》した。

「ありがとう。いそぎすぎて本《ほん》をわすれていたこと、気《き》がつかなかったわ。」

わたしはお礼《れい》を言《い》って、『はじめてのイタリア語会話《ごかいわ》』を受《う》けとった。

「ごめんね、すぐとどけようと思《おも》ったんだけど、お昼《ひる》ごはん食《た》べてたらおそくなっちゃった。」

すばるちゃんがニコッとした。

「ねぇ、ずいぶんいそいでいたよねー。車《くるま》の中《なか》で男《おとこ》の子《こ》といっしょだったでしょ？」

カノンちゃんが直球《ちょっきゅう》で質問《しつもん》してきた。みんな車《くるま》の中《なか》のルカくん見《み》たんだ。

でも、ルカくんのママのことは、秘密《ひみつ》のヒミツ。トップシークレット、どう説明《せつめい》したらいいんだろう……!?

わたしはあせって、なにも答《こた》えられずにいた。そのとき――。

「チャオ！　ミ・キアーモ・ルカ！」

ルカくんが玄関《げんかん》に出《で》てきて、元気《げんき》にあいさつした。呼《よ》んでもいないのに、ニコニコあいさつして――。イタリア人《じん》って人見知《ひとみし》りはしないの？　ってか、これから、どうなるの!?

「つばさちゃん、この子《こ》……？　かっこいいわね！」

カノンちゃんが、マジメな顔《かお》で言《い》った。

「ホラ、すばる！　外国語《がいこくご》だ。クォーターだろ、なんか話《はな》せるだろ？」

渚《なぎさ》くんが、すばるちゃんのうしろに、サッとかくれて言《い》った。

「むりだよ。わたしはオーストリアとのクォーター。それに、外国語《がいこくご》、知《し》らないって！」

「渚《なぎさ》、すばる、落《お》ちついて！　わたし、ききとれたわ。――ルカって言《い》ったわ、ねっ？」

カノンちゃんがルカくんに話《はな》しかけた。

「はい、ルカです。」

「きゃー、日本語話《にほんごはな》してる！」

カノンちゃんたちは、大《おお》さわぎ。ルカくんも、楽《たの》しそう。

わたし、ひとりであせってる……。

「つばさちゃん、心配《しんぱい》しなくて、だいじょうぶそうね。」

ママが笑《わら》って言《い》った。

「ルカくんは、パパの知《し》り合《あ》いの息子《むすこ》さんなの。日本《にっぽん》が好《す》きで、日本語《にほんご》のお勉強中《べんきょうちゅう》なの。」

わたしは、サラリと紹介《しょうかい》した。

「グラッツィエ、ありがとう、つばさ。みなさん　よろしく。」

ペコリと日本《にっぽん》のお辞儀《じぎ》をした。

「ホント日本語《にほんご》じょうずね。わたしはカノンです。」

「ボクは渚《なぎさ》、山本渚《やまもとなぎさ》です。」

「わたしは、すばるです。」

緊張《きんちょう》しながら、カノンちゃんたちが、自己紹介《じこしょうかい》した。

「これから、どこへ行《い》くの？　東京《とうきょう》？　わたし渋谷《しぶや》でお洋服《ようふく》をコーデしてあげる☆　ルカくんはカッコイイからなんでも着《き》こなせそう。」

カノンちゃんが目《め》をキラキラさせて言《い》った。

「Ｔｏｋｙｏ《トーキョー》？　とうきょうは、ノォ。にほんのサムライえいがで、にほんがすきになりました。でんとうてきなことを、したいです。」

ルカくんがキッパリと言《い》った。

「そうなの……。ルカくんにリクエストされてこまってたの。ねっママ。」

わたしはママを見《み》た。

「伝統《でんとう》？　それなら、村木《むらき》の家《いえ》じゃん。たしか百年以上《ねんいじょう》はたっているよな。」

渚《なぎさ》くんが、すかさず言《い》った。

「そうだわ！　カノンちゃんのお母様《かあさま》、お茶《ちゃ》の先生《せんせい》ときいているわ。ねぇカノンちゃん、ママにお願《ねが》いしてくださらないかしら？」

ママが速攻《そっこう》でカノンちゃんに電話《でんわ》をわたした……。

電話《でんわ》をしていたカノンちゃんが、ニカッとV《ブイ》サインをした。

よかった～。

「ルカくん、明日《あした》うちに来《き》てね。『日本《にっぽん》の伝統文化《でんとうぶんか》』を体験《たいけん》しよう。明日《あした》は一年生《ねんせい》の入学《にゅうがく》式《しき》で学校《がっこう》はお休《やす》みだから、みんなも来《き》てね。」

カノンちゃんがはりきって言《い》った。

3　カノンにおまかせ☆　わが家《や》で『日本《にっぽん》の伝統文化《でんとうぶんか》』を体験《たいけん》しよう！

ごきげんよう、みなさん。わたしはカノン、皇子台小《おうじだいしょう》でいちばんファッションセンスがいいと評判《ひょうばん》の、五年《ねん》一組《くみ》、村木《むらき》カノンです。

今日《きょう》はわが家《や》で『国際交流《こくさいこうりゅう》』です。まさか、こんな日《ひ》が来《く》るなんて考《かんが》えたことなかったな。ホント、渚《なぎさ》に言《い》われるまで、ピンとこなかったわ。

村木家《むらきけ》は、おじいさんのズーッとまえの代《だい》からS市《エスし》に住《す》んでいる。〝広《ひろ》くて寒《さむ》くて古《ふる》い〟わが家《や》が、ルカくんの役《やく》に立《た》つなんてね。

ルカくんのために、いろいろ考《かんが》えていたら、ママが、

「みんなで着物《きもの》を着《き》たらどう？」

って、ナイスなアイディアを出《だ》してくれたんだ。

子《こ》どものころから、お茶《ちゃ》や日本舞踊《にほんぶよう》を習《なら》っていたママの着物《きもの》が、うちには大切《たいせつ》にしまっ

てあるからね。ママに手伝《てつだ》ってもらって、わたしがコーデしたんだよ。

ルカくんと渚《なぎさ》の着物《きもの》は、うちに来《く》る『ごふくやさん』が貸《か》してくれることになったんだ。ごふくは『呉服《ごふく》』って書《か》くの、着物屋《きものや》さんのことだよ。

わたしはひと足先《あしさき》に、お着《き》がえした。着物《きもの》はレモンイエローで、帯《おび》は黒地《くろじ》に桜《さくら》の花《はな》びらが散《ち》ってるの。自分《じぶん》で言《い》うけど、超似合《ちょうにあ》ってます！

――ピンポーン……。

インターフォンが鳴《な》った。ルカくんたちの到着《とうちゃく》だ。

「いらっしゃいませ、さぁどうぞ。」

わたしは玄関《げんかん》でみんなをおむかえした。

「おー、きもの。ケ・カリーナ！　カノン、かわいいです！」

ルカくんがほめてくれた。さすがイタリアの男子《だんし》、ほめるのがじょうずね。

「グラッツィエ、ルカ☆　さぁ、みんなの着物《きもの》も用意《ようい》してあるよ。」

奥《おく》の部屋《へや》へ案内《あんない》した。

「こっちが男子《だんし》ね。アンナお姉《ねえ》ちゃんが着《き》せてくれるよ。」

わたしはろうかの向《む》かい側《がわ》の部屋《へや》へ、ルカくんと渚《なぎさ》を案内《あんない》した。

さぁ、女子《じょし》のお着《き》がえのお手伝《てつだ》いをしよう。

「全体《ぜんたい》がピンクの桜《さくら》もようの着物《きもの》と、若草色《わかくさいろ》の帯《おび》は、つばさちゃんね。」

「うわぁ、きれい……。七五三《しちごさん》のときの着物《きもの》とちがって、大人《おとな》っぽいわ。」

つばさちゃんが、着物《きもの》を見《み》てうっとりしてる。

みんな、知《し》ってる？　着物《きもの》って、ワンピースみたいに、ササッと着《き》るものでは、ないんだ。七五三《しちごさん》で着物《きもの》を着《き》た人《ひと》は、思《おも》いだしてみて。

最初《さいしょ》に『足袋《たび》』をはく。指先《ゆびさき》がチョキの形《かたち》になっている、白《しろ》い靴下《くつした》みたいなものだよ。

それから下着《したぎ》の上《うえ》に『長襦袢《ながじゅばん》』を着《き》る。

そして『着物《きもの》』ね。知《し》っていると思《おも》うけど、着物《きもの》はファスナーやボタンはついてないから、丈《たけ》を合《あ》わせて紐《ひも》を結《むす》んで着《き》るんだよ。最後《さいご》に『帯《おび》』を結《むす》んで、できあがりだよ。

「すばるはこれ。藤色《ふじいろ》と象牙色《ぞうげいろ》の大《おお》きな市松《いちまつ》もようで、ところどころに桜《さくら》の刺繍《ししゅう》がついてるんだ。帯《おび》は、濃《こ》い赤《あか》……えんじ色《いろ》ね。」

背《せ》の高《たか》いすばるは、つばさちゃんより大胆《だいたん》な柄《がら》が似合《にあ》うはず。そう思《おも》ってコーデしてみたんだ。

ママがスルスルとふたりに着付《きつ》けている。帯《おび》を結《むす》ぶときのキュッキュッという音《おと》が気持《きも》ちいい。

「はい、ふたりともできました！　ほんと、よく似合《にあ》っているわ。」

ママがうれしそうに言《い》った。

「カノン、カノンのママ、どうもありがとう。着物《きもの》ってきゅうくつってきいてたけど、思《おも》ったより苦《くる》しくないね。」

すばるが感心《かんしん》している。

そりゃそうよー。うちのママが着付《きつ》けたんだもん。

三人《にん》そろってろうかに出《で》たら、ルカくんと渚《なぎさ》がまっていた。

「オーッ！　エレガンテ、みなさんうつくしいです！」

ルカくんがニコニコして言《い》った。イタリア人《じん》って、ほめじょうずだな。

「ルカくんにもよく似合《にあ》っているよ。もちろん渚《なぎさ》もね。」

わたしは、着物《きもの》にはかま姿《すがた》のふたりを見《み》て言《い》った。

「グラッツィエ・ミッレ！　どうもありがとう。すごくうれしいです。サムライになったきもちです――。」

ルカくんが目《め》をウルウルさせて言《い》った。

「オレ、七五三《しちごさん》のとき以来《いらい》着《き》たことなかったんだ。背《せ》すじがのびるなぁ。」

渚《なぎさ》もうれしそうだ。

「これが江戸時代《えどじだい》からS市《エスし》に住《す》む、村木家《むらきけ》の底力《そこぢから》よ！」

「ちょっと、カノン……。腰《こし》に手《て》をあてて、そんなに足《あし》を広《ひろ》げたら着物《きもの》が乱《みだ》れるでしょ!」

アンナお姉《ねえ》ちゃんに、おこられちゃった。

「さぁ、これからが本番《ほんばん》ですよ。これを、どうぞ。」

ママが、みんなに〝扇子《せんす》〟と〝懐紙《かいし》〟をわたしながら、言《い》った。

「これはね、『日本《にっぽん》の伝統文化《でんとうぶんか》』体験《たいけん》に必要《ひつよう》な『アイテム』なんだ。使《つか》い方《かた》は、あとで説《せつ》明《めい》するね。」

わたしは、みんなを庭《にわ》へ案内《あんない》した。


「このシーンとしたジャポネ、にほんのにわ、うつくしいです。あのいしのたてもの、ニンジャがかくれるばしょですね! えいがで、みたことあります。」

ルカくんがわたしの耳《みみ》もとでささやいた。

「あの石《いし》は、石灯籠《いしどうろう》、中《なか》にろうそくを灯《とも》すんだよ。まぁ、昔《むかし》の照明《しょうめい》かしらね。それから、ニンジャはね……ちかごろは、来《き》ていないんだ。」

真剣《しんけん》な顔《かお》で答《こた》えたら、ルカくんの目《め》がキラキラってなった。

「ファンタスティコ！　すばらしいです……。ニンジャ、〝ちかごろ〟は、きていないな
ら、〝むかし〟は、きたんですね！」

ルカくんが興奮《こうふん》して言《い》った。

渚《なぎさ》が目《め》をむいて、わたしを見《み》ている。

「そんな顔《かお》しないでよ。もしかしたら、昔《むかし》は来《き》たかもしれないでしょ。」

まったく渚《なぎさ》はマジメだな。想像力《そうぞうりょく》ってモノがないの？

「さすがカノンちゃん。旧家《きゅうか》だから言《い》えるジョークね。」

つばさちゃんがニコッと笑《わら》った。わかってるじゃない！

「えー、コホン。ルカくん、みなさま、おまたせしました。『日本《にっぽん》の伝統文化《でんとうぶんか》』体験《たいけん》、お
茶《ちゃ》のおもてなしをしますね。こちらへどうぞ。」

わたしは竹《たけ》で作《つく》った小《ちい》さな門《もん》を開《ひら》いた。

「これは、『しおり戸《ど》』っていうのよ。庭《にわ》を歩《ある》くときは、この平《ひら》たい石《いし》の上《うえ》を歩《ある》いてね。」

わたしは飛《と》び石《いし》を指《ゆび》さした。

すばると渚《なぎさ》が緊張《きんちょう》してあとからついてくる。ルカくんとつばさちゃんはリラックス、

とーっても楽《たの》しそう。

まんなかがくぼんだ石《いし》に水《みず》がためてある。

「これは『つくばい』ここで手《て》を洗《あら》ってね。お手本《てほん》見《み》せるよ。」

かがんで、ひしゃくで水《みず》をくみ――。手《て》と口《くち》を清《きよ》めるんだ。神社《じんじゃ》でするみたいにね。

「はい、ここが『茶室《ちゃしつ》』です。中《なか》でお茶《ちゃ》の『おもてなし』をしますね。」

みんな、熱心《ねっしん》に『茶室《ちゃしつ》』を観察《かんさつ》してる。

「小《ちい》さい家《いえ》だね。あっ、入《い》り口《ぐち》がない。どこから入《はい》るの？」

すばるがきいた。

「ここから入《はい》るの。『にじり口《ぐち》』っていうんだよ。」

わたしは、茶室《ちゃしつ》の下《した》にある高《たか》さ約《やく》七十センチ、幅約《はばやく》六十センチの木戸《きど》をあけてみせた。

「ちいさいです。すごーく、せまいです。ニンジャのいりぐちみたいですね。」

ルカくんが楽《たの》しそうにしてる。

「ちょっとまって。ここにある四角《しかく》い木枠《きわく》、なんのためにあるの？」

渚《なぎさ》が『にじり口《ぐち》』の横《よこ》を見《み》てきいた。

「棚《たな》でしょ。だけど細《ほそ》い木枠《きわく》だけで荷物《にもつ》はおけそうにないね。」

すばるが不思議《ふしぎ》そうな顔《かお》をした。

「これは『刀《かたな》かけ』。昔《むかし》、お侍《さむらい》さんは刀《かたな》を身《み》につけていたでしょ。でも、刀《かたな》をつけたままでは、せまい『にじり口《ぐち》』からは入《はい》れない。刀《かたな》をここへかけて、茶室《ちゃしつ》に入《はい》ったのよ。」

わたしはみんなに説明《せつめい》した。

「あぁ、京都《きょうと》へ旅行《りょこう》したときにきいたわ。『茶室《ちゃしつ》の中《なか》では、みな平等《びょうどう》。』ってことね。」

つばさちゃんが説明《せつめい》を手伝《てつだ》ってくれた。

「にじにじ〜って、せまい入《い》り口《ぐち》から入《はい》るから『にじり口《ぐち》』っていうのね。」

すばるがマジメな顔《かお》をして言《い》った。

みんな楽《たの》しそうでよかったなぁ。古《ふる》い家《いえ》で、かっこ悪《わる》いって思《おも》ってたけど、こんなにみんなが笑顔《えがお》になって、すごく誇《ほこ》らしい。

「では、入《はい》り方《かた》のお手本《てほん》を見《み》せるからね。」

まず帯《おび》に差《さ》した扇子《せんす》を出《だ》して、中《なか》へ置《お》いてお辞儀《じぎ》。扇子《せんす》を持《も》って頭《あたま》を入《い》れて、草履《ぞうり》をぬいで……と、いっしょうけんめい説明《せつめい》した。

わたしのあとにつづいて、ルカくん、つばさちゃん、渚《なぎさ》が茶室《ちゃしつ》に入《はい》った。最後《さいご》は、すばるなんだけど――。

頭《あたま》をつっこんだまま、長《なが》い手足《てあし》で悪戦苦闘《あくせんくとう》してる。ホラー映画《えいが》のワンシーンみたい。

みんなが茶室《ちゃしつ》に入《はい》ったので、わたしはにじり口《ぐち》の戸《と》を閉《し》めた。薄暗《うすぐら》い茶室《ちゃしつ》の中《なか》が、いっそう暗《くら》くなった。

「カノン電気《でんき》つけて。なんだか暗《くら》くて、こわい……。」

「天井《てんじょう》を見《み》てみろよ。照明《しょうめい》なんて、ないぞ。茶室《ちゃしつ》って、結構《けっこう》キツキツ。ってか、せまいぞ。」

渚《なぎさ》とすばるが顔《かお》を見合《みあ》わせて言《い》った。

「でも不思議《ふしぎ》。目《め》がなれてきたら、イヤな感《かん》じのせまさじゃない。」

「うん。それに、この部屋《へや》の空気《くうき》……。すごく透明《とうめい》な感《かん》じがする。」

すばると渚《なぎさ》の顔《かお》が、リラックスしてきた。

「見《み》なれたものはなんにもない。見《み》たことのないものが、いっぱい。まるで知《し》らない世界《せかい》みたい……。」

つばさちゃんが、つぶやいた。

「そう、ここは〝別世界《べっせかい》〟。茶室《ちゃしつ》の外《そと》は二十一世紀《せいき》だけど、茶室《ちゃしつ》の中《なか》は、何百年《なんびゃくねん》もの昔《むかし》と、同《おな》じ世界《せかい》なの。」

わたしは、静《しず》かに話《はな》した。

「あれ、ルカくんは正座《せいざ》ができるんだ⁉」

すばるがおどろいている。

「ふふーん、えらいでしょ。えいがをみて　れんしゅうしました。」

ルカくんがウインクして答《こた》えた。

みんなのおしゃべりが、やんだ。タイミングよくふすまがスッとあいた。ママがキチッとすわっている。

「ようこそおこしくださいました。今日《きょう》は、楽《たの》しんでくださいね。」

とあいさつした。そして茶室《ちゃしつ》の中《なか》に入《はい》り、鉄《てつ》でできた〝釜《かま》〟の前《まえ》へすわった。

また、ふすまがあいて、アンナお姉《ねえ》ちゃんがお菓子《かし》の入《はい》った菓子鉢《かしばち》をわたしの前《まえ》においた。

「お菓子《かし》をおとりください。」

ねずみ色《いろ》のシックな着物《きもの》に青《あお》い帯《おび》。いつもはハデハデの服《ふく》が好《す》きなのに、着物《きもの》の趣味《しゅみ》は地味《じみ》なんだよ。

「はい、お手本《てほん》です。」

わたしは胸《むな》もとにしまった『懐紙《かいし》』という手《て》のひらサイズのふたつ折《お》りの和紙《わし》を出《だ》して、菓子鉢《かしばち》の中《なか》からお菓子《かし》をひとつのせた。

「このお菓子《かし》は『花《はな》かすみ』という名前《なまえ》です。」

ママがお菓子《かし》の説明《せつめい》をした。

「このなかに、はながはいっているのですか？」

ルカくんが楽《たの》しそうにきいた。

「花《はな》は入《はい》ってないわ。わたしが『花《はな》かすみ』

という名前《なまえ》のお菓子《かし》を作《つく》ってくださいとお菓子屋《かしや》さんに注文《ちゅうもん》したのよ。」

ママが答《こた》えた。

「ピンクと白《しろ》のモンブランケーキみたいね。食《た》べちゃうの、もったいない。」

すばるがうっとりして言《い》った。

「これは、『きんとん』という種類《しゅるい》のお菓子《かし》だよ。モンブランみたいなのは、『ねりきり』を裏《うら》ごししたものだよ。白《しろ》とピンクで日本《にっぽん》の春《はる》の花《はな》、桜《さくら》をあらわしているの。」

わたしは、いっしょうけんめいお菓子《かし》の説明《せつめい》をした。

「丸《まる》くこんもりしているから、『山《やま》』に咲《さ》く『桜《さくら》』に見《み》えるわね。」

つばさちゃんが、お菓子《かし》を見《み》つめて言《い》った。ルカくんが熱心《ねっしん》にうなずいた。

「今日《きょう》のお茶会《ちゃかい》のために、ママが萬年堂《まんねんどう》さんにリクエストしたんだよ。」

わたしはみんなに言《い》った。

「萬年堂《まんねんどう》さん……。そういえば亜子《あこ》ちゃんの『お誕生日《たんじょうび》まんじゅう』を作《つく》ってたな。和菓《わが》子屋《しや》さんもお客《きゃく》さまの注文《ちゅうもん》で〝その人《ひと》のためだけ〟のお菓子《かし》を作《つく》るんだね。」

渚《なぎさ》がしみじみ言《い》った。

「わたしたちと、同《おな》じね。ルカくん、わたしたちは〝パティシエ見習《みなら》い〟なの。お客《きゃく》さまのために、お菓子《かし》を作《つく》るんだよ……。」

すばるが話《はな》しはじめた。

「その話《はなし》はあとで。さぁ、お菓子《かし》をどうぞ。」

わたしはキリッと言《い》った。

「『黒文字《くろもじ》』という、大《おお》きめな楊枝《ようじ》を使《つか》って食《た》べてね。」

ママがやさしく手《て》ほどきしてる。

「マンマミア！　うわぁ　くろいものが　できました。これは、たべられません……。」

『花《はな》かすみ』を割《わ》ったルカくんが、目《め》をむいてさけんだ。

「これは『粒《つぶ》あん』っていうの。甘《あま》くておいしいよ。」

すばるがパクッと食《た》べてみせた。

「……うっ！」

目《め》をつぶってルカくんが口《くち》の中《なか》へ入《い》れた。

「ワォッ、ボーノ☆　おいしいです。」

よかったぁ。わたしは胸《むね》をなでおろした。

お菓子《かし》を食《た》べたら、いよいよお茶《ちゃ》をいただく。

あのね、お茶《ちゃ》の席《せき》では、お菓子《かし》を全部《ぜんぶ》食《た》べきってからお茶《ちゃ》をいただくこと。お菓子《かし》を食《た》べながら、お茶《ちゃ》を飲《の》むのは、NG《エヌジー》、ダメダメだよ。

静《しず》かにママがお点前《てまえ》をはじめた。

ゆっくりだけどテンポよく、流《なが》れるようにお茶《ちゃ》を点《た》てる。

——シャシャシャッ。

小《ちい》さな茶筅《ちゃせん》の音《おと》がきこえるだけ。静《しず》かな世界《せかい》。

「どうぞ。」

ママがルカくんの前《まえ》にお茶碗《ちゃわん》をおいた。

「いただき方《かた》も教《おし》えるね。」

わたしは、ルカくんに言《い》った。

「はじめにお辞儀《じぎ》をして、右手《みぎて》でお茶碗《ちゃわん》をとり、左手《ひだりて》にのせます。そしておしいただいてから二回手前《かいてまえ》に小《ちい》さく回《まわ》して飲《の》んでね。」

ルカくんが真剣《しんけん》にお茶碗《ちゃわん》を回《まわ》して……、飲《の》んだ。

みんなが心配《しんぱい》そうに見《み》つめているよ。お味《あじ》は、どうかな？

「おー、はじめてのあじ。にほんのあじ。ふしぎ、でも　キライではないです。」

ルカくんがニッコリした。ママがうれしそうにほほえんだ。

そこからみんなで順番《じゅんばん》にお茶《ちゃ》をいただいたよ。すばると渚《なぎさ》もはじめての体験《たいけん》だって。つばさちゃんは、経験《けいけん》ずみだね。キレイなお作法《さほう》でママが感《かん》心《しん》してた。

「お茶《ちゃ》ってすごく苦《にが》いって思《おも》ってたけど、苦《にが》さだけじゃなかったね。渋《しぶ》み、うま味《み》、複雑《ふくざつ》な味《あじ》。お

いしかった。カノン、カノンのママ、ありがとうございました！」

みんながていねいにお辞儀《じぎ》をした。

「どういたしまして。」

やったぁ、『日本《にっぽん》の伝統文化《でんとうぶんか》』体験《たいけん》、大成功《だいせいこう》だ！


茶室《ちゃしつ》から庭《にわ》へ出《で》た。太陽《たいよう》がまぶしい。うす暗《ぐら》いところから明《あか》るい場所《ばしょ》へ出《で》たから、一瞬《いっしゅん》、目《め》がくらんだ。

「別世界《べっせかい》から、もどってきたね。」

つばさちゃんが言《い》った。

「ソーノ・ディベルティート・モルト！　とてもたのしかったです。カノンありがとう。くろいものをたべて、みどりいろのものをのむ。ふあんでしたが、すばらしかった！」

ルカくんが手《て》をブンブンふりながら、お礼《れい》を言《い》っている。

「ところで――。おいしいくろいつぶつぶ、あれはなにですか？」

ルカくんが不思議《ふしぎ》そうにきいた。

「あんこだよ。」

渚《なぎさ》が言《い》った。

「渚《なぎさ》、正《ただ》しく教《おし》えないと。あれは、あんこの種類《しゅるい》のひとつ、『粒《つぶ》あん』だよ。小豆《あずき》という豆《まめ》を砂糖《さとう》で煮《に》たんだ。」

すばるが教《おし》えている。

「まめ？　ファッジョーロ、あまいまめ!?　はじめてです。でも、とてもおいしい。みんなは『つぶあん』をつくりますか？」

ルカくんが楽《たの》しそうにきいた。

「粒《つぶ》あんは作《つく》らないよ。ってか、できないよ。萬年堂《まんねんどう》の粒《つぶ》あんは、三日間《みっかかん》かけて作《つく》るって有名《ゆうめい》なんだもん。」

わたしは、キッパリと言《い》った。

「オレたちはパティシエ見習《みなら》い――イタリア語《ご》でなんと言《い》うのかな？　とにかく、ケーキを作《つく》るの。」

渚《なぎさ》がキリッと言《い》った。

「ケーキをつくるけど、つぶあんはつくらない、なぜですか?」

ルカくんが不思議《ふしぎ》そうな顔《かお》できいた。

「あのね、粒《つぶ》あんは『和菓子《わがし》』なの。パティシエは『和菓子《わがし》』は作《つく》らないよ。」

わたしはルカくんに説明《せつめい》した。わかってくれたかな?

「日本《にっぽん》のお菓子《かし》は大《おお》きくわけて二種類《しゅるい》あるんだ。昔《むかし》から日本《にっぽん》にある『和菓子《わがし》』と外国《がいこく》から伝《つた》わった『洋菓子《ようがし》』――。」

すばるがいっしょうけんめいに説明《せつめい》してる。

「ふたりとも、ルカくんが困《こま》っているわ。」

つばさちゃんが助《たす》け船《ぶね》を出《だ》した。

「あ、ごめんね。」

渚《なぎさ》がハッとしてあやまった。

「ルカくん、これだけはおぼえておいて。すばるちゃん、カノンちゃん、渚《なぎさ》くんは、小学生《しょうがくせい》だけどパティシエ見習《みなら》い。『お客《きゃく》さまを笑顔《えがお》にする』お菓子《かし》を作《つく》っているのよ。」

つばさちゃん――!　そんなふうに、思《おも》っていてくれたんだね。わたしは感激《かんげき》して、つばさちゃんをギュッと抱《だ》きしめた。

「……もう、カノンちゃんたら！　せっかくのお着物《きもの》が、乱《みだ》れちゃうわ。わたしは、わが家《や》のお客《きゃく》さまに説明《せつめい》しただけよ。」

つばさちゃんが、わたしの腕《うで》をほどきながら言《い》った。

すばると渚《なぎさ》がうれしそうに笑《わら》ってる。ああ、今日《きょう》はほんとうにいい一日《いちにち》だったな。

4 ビックリでビッグなお菓子《かし》の注文《ちゅうもん》……!?

こんばんは、すばるです。今日《きょう》は金曜日《きんようび》、ようやく一週間《しゅうかん》が終《お》わりました。いまね、夕《ゆう》ごはんを食《た》べて、お風呂《ふろ》に入《はい》って、なんとなく、テレビを見《み》ているところ。

五年生《ねんせい》になって、最初《さいしょ》の一週間《しゅうかん》は、決《き》めることがいっぱいあって、ほんとうにいそがしかったからね。ポヤヤーンとしているの。

報告《ほうこく》するね。わたしは二班《はん》で、席《せき》はろうか側《がわ》のいちばんうしろです。カノンは四班《はん》、渚《なぎさ》は六班《ぱん》だよ。背《せ》が低《ひく》い渚《なぎさ》が、いちばんうしろで黒板《こくばん》が見《み》えるか心配《しんぱい》しているんだ。

係《かかり》は去年《きょねん》に引《ひ》きつづき、『掲示係《けいじがかり》』です。

五年生《ねんせい》からはじまるクラブ、わたしは『家庭科《かていか》クラブ』に入《はい》りました!

カノンと渚《なぎさ》は『ミニバスケットクラブ』だよ。カノンはダイエット、渚《なぎさ》は身長《しんちょう》をのばすために入《はい》ったんだって。

ミニバスすると、背《せ》がのびてスリムになる効果《こうか》があるなんて、知《し》らなかった。もう少《すこ》しでわたしも入《はい》るところだったよ。

危《あぶ》ないあぶない！　これ以上身長《いじょうしんちょう》がのびて、体重《たいじゅう》が減《へ》ったら大変《たいへん》だ。

五年生《ねんせい》の身体検査《しんたいけんさ》で、衝撃《しょうげき》の事実《じじつ》がわかったの。わたし、身長《しんちょう》が百五十四センチになってました……。体重《たいじゅう》は三十八キロのままだっていうのにさ。

このままいけば、六年生《ねんせい》になるころは百六十センチになってしまうかも!?　そんなの、ぜったいイヤ、だから『家庭科《かていか》クラブ』にしたんだ。

それに家庭科《かていか》クラブの先生《せんせい》は、担任《たんにん》の山田先生《やまだせんせい》ってとこも、決《き》めたポイント。先生《せんせい》はお菓子作《かしづく》りが趣味《しゅみ》なんだって。そうそう、つばさちゃんも『家庭科《かていか》クラブ』だよ。

渚《なぎさ》が「ミニバスケットへ入《はい》ろうよ。」と必死《ひっし》でさそっていたんだけど。

「ボールでつき指《ゆび》すると、鉛筆《えんぴつ》が持《も》てなくなるから。」って、ことわっていた。

つばさちゃんはとなりの駅《えき》の大《おお》きな塾《じゅく》へ通《かよ》っているんだよ。地元《じもと》の中学《ちゅうがく》には行《い》かないで『お受験《じゅけん》』して東京《とうきょう》の中学《ちゅうがく》へ行《い》くって言《い》ってるものね。

わたしは、中学校《ちゅうがっこう》のことは決《き》めてない。

だけど、ずっと先《さき》のことは決《き》めている。

パティシエになって、カノンと渚《なぎさ》とスイーツ・ショップを開《ひら》くんだ☆

さぁ、そのためにもパティシエ修業《しゅぎょう》をがんばらないと！

明日《あした》はクロエ先生《せんせい》のレッスンだ。そろそろ寝《ね》よう。

ママとパパは、まだお店《みせ》でお仕事中《しごとちゅう》。うちはS市《エスし》で人気《にんき》の洋食屋《ようしょくや》さんなんだよ。お店《みせ》の名前《なまえ》は……もう知《し》っているでしょ？

そう、正解《せいかい》！『洋食《ようしょく》　スプーンとフォーク』です。

『パパ、ママ、お仕事《しごと》おつかれさま☆　おやすみなさい！　すばる』

メモを書《か》いて、リビングのテーブルにおいた。テレビを消《け》そうとしたら、高校生《こうこうせい》のお姉《ねえ》ちゃん、スピカねぇが入《はい》ってきた。

「あっ、テレビ消《け》さないでね。」

そう言《い》って、ソファーにすわってチャンネルをかえた。

「……週末《しゅうまつ》のエンタメ・ニュース！『孤独《こどく》な旅行者《りょこうしゃ》』シリーズで人気《にんき》の女優《じょゆう》ダニエラさんが日曜日《にちようび》に行《おこな》われる『六本木国際映画祭《ろっぽんぎこくさいえいがさい》』のオープニングイベントに出席《しゅっせき》するために初《はつ》

来日《らいにち》しました――。」

スピカねぇは、女優《じょゆう》のダニエラさんの映画《えいが》『孤独《こどく》な旅行者《りょこうしゃ》』シリーズの大《だい》ファンなんだ。世界各国《せかいかっこく》を旅《たび》するスパイ映画《えいが》で、最新作《さいしんさく》はスペインが舞台《ぶたい》なんだって。

「ダニエラさんってキレイでカッコイイねー。知《し》ってる？　十歳《さい》の男《おとこ》の子《こ》のお母《かあ》さんなんだよ。おはだピカピカ、スタイルがよくて、ぜんぜんママっぽくないね。」

スピカねぇが、画面《がめん》を見《み》ながら教《おし》えてくれた。

「世界的《せかいてき》な大《だい》スターがママなんて、どんな気持《きも》ちなのかしら？」

ビルの窓《まど》から飛《と》びおりたり、悪者《わるもの》を蹴《け》り飛《と》ばす人《ひと》が、ママなんだ――。

わたしはテレビから流《なが》れる最新作映画《さいしんさくえいが》の予告《よこく》を見《み》つめて思《おも》った。


そして次《つぎ》の日《ひ》――。

朝《あさ》ごはんをモリモリ食《た》べて、いつものまちあわせ場所《ばしょ》、皇子台公園《おうじだいこうえん》へ自転車《じてんしゃ》で走《はし》った。

「おはよー、ふたりとも早《はや》いね！」

「おはよう、すばる。五年生《ねんせい》になって最初《さいしょ》のレッスン日《び》だもん！　はりきってるの☆」

カノンが元気《げんき》に言《い》った。

「さぁ『小学生《しょうがくせい》トップ・オブ・ザ・パティシエ・コンテスト』向《む》けて、練習《れんしゅう》、練習《れんしゅう》！」

渚《なぎさ》はそう言《い》って、自転車《じてんしゃ》のペダルをグッとこぎだした。

緑色《みどりいろ》の屋根《やね》のカワイイお店《みせ》『お菓子《かし》のアトリエ　マダム・クロエ』についた。

――カランカラン。

「おはようございます！」

扉《とびら》を押《お》して、三人《にん》で元気《げんき》にあいさつしながら中《なか》へ入《はい》る。

「……ええ、しかし……。お返事《へんじ》は、後《のち》ほどいたします。えっ!?　はい……。」

クロエ先生《せんせい》が電話《でんわ》している。しかも、いつになく真剣《しんけん》な声《こえ》だぞ。

「急《きゅう》な注文《ちゅうもん》が入《はい》ったみたいだな。」

渚《なぎさ》が小《ちい》さな声《こえ》で言《い》った。

「……おはようございます。みなさん、今日《きょう》はレッスンはお休《やす》みです。注文《ちゅうもん》が入《はい》りました。まだ、お引《ひ》き受《う》けしていませんが……。」

クロエ先生《せんせい》らしくない、ハッキリしない説明《せつめい》だ。急《きゅう》な注文《ちゅうもん》が入《はい》ることは、ときどきある

のに、どうしたのかな？

「じつは、パティシエ見習《みなら》いさんへ依頼《いらい》なのですが……。」

そう言《い》って、言葉《ことば》を切《き》った。

「……みなさん、よくきいてください。ご依頼《いらい》のお客《きゃく》さまは、ただいま来日中《らいにちちゅう》の女優《じょゆう》、ダニエラさんから――。正確《せいかく》には、その息子《むすこ》さんからだそうです。」

「ウソッ！」

カノンが小《ちい》さくさけんだ。

信《しん》じられないって言葉《ことば》より、ピッタリのコトバが見《み》つからない。

「まさか、ほんとうですか？」

わたしは、ぜんぜん信《しん》じていない。超有名《ちょうゆうめい》な女優《じょゆう》さんからなんて……。

わたしは、昨夜《ゆうべ》見《み》たテレビを思《おも》いだして、クロエ先生《せんせい》にたずねた。

「はい、『六本木国際映画祭《ろっぽんぎこくさいえいがさい》』事務局《じむきょく》の方《かた》からお電話《でんわ》でした。ダニエラさんの息子《むすこ》さんの、強《つよ》い希望《きぼう》だそうよ。」

クロエ先生《せんせい》が真剣《しんけん》な顔《かお》で言《い》った。

「……どうしてわたしたちに？」

カノンの質問《しつもん》に、クロエ先生《せんせい》は首《くび》をふった。

「わかりません……。」

「ってか、ダニエラさんの息子《むすこ》さんが、どうしてオレたちを知《し》っているの？　イタズラじゃないんですか？」

渚《なぎさ》が口《くち》をとがらせて言《い》った。

「イタズラにしては、話《はなし》が具体的《ぐたいてき》でした。それに、先《さき》ほどの電話《でんわ》では、もうお客《きゃく》さまがこちらに向《む》かっているとおっしゃっていました——。」

クロエ先生《せんせい》が答《こた》えた。

——ブロロロロッ、キュッ!!

お店《みせ》の前《まえ》で車《くるま》が止《と》まった音《おと》がした。この音《おと》は、何度《なんど》もきいているから知《し》っている。つばさちゃんママの車《くるま》だ。こんなときに、なんだろう？

——カランッ!!

玄関《げんかん》の扉《とびら》があいた。

つばさちゃんママらしくない、すごいいきおいでお店《みせ》に入《はい》ってきた。

わっ、ルカくんとつばさちゃんもいっしょだ。

ルカくんが、ツカツカと前《まえ》に来《き》て——。

「すばる、なぎさ、カノン。ボクのマンマにおかしを、つくってください！」

真剣《しんけん》な目《め》で言《い》った。

「ちょっとまってよ、いま、とんでもなく大変《たいへん》なオーダーが来《き》たところで……。」

って言《い》いかけて、気《き》がついた。

「まさか……!?」

わたしは渚《なぎさ》と顔《かお》を見合《みあ》わせた。

「オレらに注文《ちゅうもん》したの、ルカ？」

渚《なぎさ》が消《き》えそうな声《こえ》できいた。

「ルカくんのママって、……女優《じょゆう》のダニエラさん？」

カノンが、おそるおそるたずねた。

「はい、ボクのマンマは　ダニエラです。」

ルカくんの答《こた》えに、わたしの体《からだ》がかたまった。

「うそ……!?」

「みんな、ウソじゃないの。かくしていて、ごめんなさい――。ルカくんのママは、来日《らいにち》中《ちゅう》の映画女優《えいがじょゆう》のダニエラさんなの。」

つばさちゃんがあやまった。って、なんで!?

「なんで！　つばさちゃんは知《し》っててだまってたの!?　ってか、つばさちゃんとルカってどんな関係《かんけい》？」

渚《なぎさ》があせりまくってる。

「渚《なぎさ》くん、くわしいことは、あとで説明《せつめい》するから――。とにかく、いまは〝パティシエ見《み》習《なら》い〟として、ルカくんの話《はなし》をきいてほしいの。」

つばさちゃんが、ピシャリと言《い》った。

「グラッツィエ、つばさ――。ボクのマンマの　えがお　が　きえてしまったの。」

ルカくんが話《はな》しはじめた。

「ぼく、おぼえています。すばるたちは『おきゃくさまを　えがおにする』おかしをつくる。おねがい、ぼくのマンマを　えがおに　してください。」

ルカくんが灰色《はいいろ》の大《おお》きな瞳《ひとみ》で、まっすぐわたしたちを見《み》つめている。

世界的《せかいてき》な女優《じょゆう》さんに、なにが起《お》きたのかわからない。

わたしたち〝パティシエ見習《みなら》い〟が、ルカくんのママを笑顔《えがお》にできるか、わからない。

でも、ママを心配《しんぱい》するルカくんの気持《きも》ちは、ジンジンと伝《つた》わってくる。

胸《むね》が苦《くる》しくなるほど……。ルカくんの願《ねが》いに、応《こた》えたい。

「がんばってみようよ。」

わたしは、カノンと渚《なぎさ》に言《い》った。

「うん。」

「もちろん。」

ふたりが力強《ちからづよ》くうなずいた。

「はい、おまかせください！」

三人《にん》で声《こえ》を合《あ》わせて答《こた》えた。

「グラッツィエ!!　どうもありがとう。みなさん、マンマにあってください。そしてマン

マをえがおにする　おかしをかんがえてくださいね。」
ルカくんがうれしそうに言《い》った。

わたしたちはドキドキしたまま、クロエ先生《せんせい》の車《くるま》に乗《の》りこんだ。先頭《せんとう》を走《はし》るつばさちゃんちの車《くるま》を、クロエ先生《せんせい》の車《くるま》が追《お》いかける。

一時間半後《じかんはんご》、ダニエラさんが泊《と》まっているT《ティー》ホテルに到着《とうちゃく》した。最上階《さいじょうかい》、スイートルーム、ルカくんがなれた手《て》つきでルームカードをドアにかざした。

――ピーッ、カチャッ。

ドアがあいた。広《ひろ》く美《うつく》しい奥《おく》のリビングルームに、スーツを着《き》たたくさんの人《ひと》に囲《かこ》まれてダニエラさんがすわっている。

「Sono i miei amici.《ソノイミエイアミーチ》」ルカくんが、わたしたちを紹介《しょうかい》してくれた。

「『ぼくのともだち』っていったの。」

ルカくんがにっこり笑《わら》った。

ああっ！　目《め》の前《まえ》にダニエラさんがいる！　ほんとうに美《うつく》しい……。でもね、ほっぺに影《かげ》ができてる。スピカねぇと見《み》た映画《えいが》の予告《よこく》の映像《えいぞう》とは、ぜんぜんちがう。

「ハジメマシテ　ドウゾヨロシク。」

日本語《にほんご》であいさつしてくれた。

やつれた顔《かお》でほほえむようすが、痛々《いたいた》しい。

「にほんにきてから、ごはんをたべられなくなったの。げんきで　よくわらうマンマだったのに。」

ルカくんが心配《しんぱい》そうに言《い》った。

「お医者様《いしゃさま》に診《み》ていただいたけど、特別悪《とくべつわる》いところはないそうです。緊張《きんちょう》とつかれが原因《げんいん》ではないかと……。」

映画祭《えいがさい》の事務局《じむきょく》のスタッフさんが、教《おし》えてくれた。

わたしたちに向《む》かって、ダニエラさんが話《はな》しかけた。

「がんばろうと、思《おも》えば思《おも》うほど、力《ちから》が出《で》なくて……。日本《にっぽん》のみなさんが、毎日《まいにち》すばらしいお食事《しょくじ》を用意《ようい》してくれます。食欲《しょくよく》がわかなくて。ほんとうにもうしわけないです。」

通訳《つうやく》さんの言葉《ことば》をきいて、また胸《むね》が痛《いた》くなった。

「あしたえいがさいのオープニングイベントで　うつくしく、かっこいいマンマらしく、レッドカーペットをあるいて　ほしい。」

ルカくんが言《い》った。

わたしたちだって、かっこいいダニエラさんにもどってほしい。

ルカくんのため、ダニエラさんのため、そしてダニエラさんのファンのため、『笑顔《えがお》にするお菓子《かし》』を作《つく》りたい、作《つく》らなくちゃ！　わたしは、三人《にん》のノート『パティシエへの道《みち》』を開《ひら》いた。

好《す》きなお菓子《かし》やフルーツ。ダニエラさんにきかなくちゃいけないことが、たくさんあるからね。

そう思《おも》えば思《おも》うほど、わたしたちは緊張《きんちょう》してなかなか質問《しつもん》できない。

広《ひろ》いスイートルームに沈黙《ちんもく》が流《なが》れている。そのとき……。

「Scusi《スクーズィ》, di《ディ》 dov'è《ドベュ》?」

クロエ先生《せんせい》が、ダニエラさんに質問《しつもん》した。ってか、イタリア語《ご》だ!!

「Sono《ソノ》 di《ディ》 Sicilia《シチリア》.」

ダニエラさんが答《こた》えてる、通《つう》じてるんだ。

わたしたちのおどろきをぜんぜん気《き》にすることなく、クロエ先生《せんせい》はダニエラさんと会話《かいわ》をつづけている。

そして――。

「ダニエラさんのお食事《しょくじ》をリストにして、すべて教《おし》えてください。」

クロエ先生《せんせい》がスタッフの人《ひと》に言《い》った。

「すみません。取材《しゅざい》で出《で》かける時間《じかん》です。リストは、他《ほか》の者《もの》がお持《も》ちします。」

映画祭《えいがさい》スタッフさんはそう言《い》うと、ダニエラさんとお部屋《へや》から出《で》て行《い》ってしまった。

えっ？　そんな!?　わたしたち、まだなにも質問《しつもん》していないのに……。

ぼうぜんとしているところへ一枚《まい》のメモがとどいた。そこに書《か》かれていたものは――。

【朝食《ちょうしょく》――ブリティッシュ・スタイルをルームサービス】

【昼食《ちゅうしょく》――オリジナルの野菜《やさい》スムージー】

【夕食《ゆうしょく》――月曜日《げつようび》すし、火曜日天《かようびてん》ぷら、水曜日《すいようび》イタリア料理《りょうり》、木曜日《もくようび》フランス料理《りょうり》、金曜《きんよう》日京料理《びきょうりょうり》、※ただし日本食《にほんしょく》は、ほとんど召《め》し上《あ》がっていません。】

「やはり……。」

クロエ先生《せんせい》はひと言《こと》つぶやくと、ルカくんに向《む》かってニッコリほほえんだ。

「ルカくん、心配《しんぱい》しないでね。〝パティシエ見習《みなら》い〟は、きっとママの笑顔《えがお》をとりもどすお菓子《かし》を作《つく》りますよ。」

キッパリと言《い》った。

――えっ!? クロエ先生《せんせい》、なにを言《い》ってるの!? わたしたちはおどろきすぎて、しばらくなにも言《い》えなかった。

「グラッツィエ、ありがとう!」

よろこぶルカくん。スタッフの人《ひと》たちもホッとしている――。

「ちょっとまって――、クロエ先生《せんせい》!?」

「どうして!?」

「オレたち、なにも思《おも》いついていません!」

あわてるわたしたちを見《み》つめ、クロエ先生《せんせい》は静《しず》かに言《い》った。

「さぁ、みなさん。帰《かえ》りますよ。」

5　パティシエ見習《みなら》いの長《なが》い一日《いちにち》がはじまった

オレ、山本渚《やまもとなぎさ》は、イライラしている。

その理由《りゆう》は、クロエ先生《せんせい》！　オレたちは、ダニエラさんになにも質問《しつもん》することが、できなかったんだぜ。なのに、ルカにあんなこと言《い》って――。

スイートルームを出《で》てから、オレは、すぐにクロエ先生《せんせい》に質問《しつもん》した。

「なぜ、あんなことを言《い》ったんですか？　わかったことを、教《おし》えてください。」って――。

そうしたら、マジメな顔《かお》で言《い》った答《こた》えが
「ホームシックです。」

のひと言《こと》だけ。

これ、どう思《おも》う？　もっと説明《せつめい》するべき、ひどすぎるぜ。

それどころか……。

「今日《きょう》は長《なが》い一日《いちにち》になりますよ。まず、腹《はら》ごしらえしましょう！」って、イタリアンレストランによったんだぜ。（スパゲティ・カルボナーラはうまかったけど）のんきすぎる！

村木《むらき》とすばるは、「ホームシックのことは、いったんわすれよう。」って、言《い》いだすし……。オレ、ひとりでイライラ、モヤモヤしてるの。

「山本《やまもと》くん、そんな顔《かお》をしないで。お店《みせ》に帰《かえ》ったら、説明《せつめい》しますよ。」

クロエ先生《せんせい》が車《くるま》の中《なか》で言《い》った。

「ダニエラさんは、ご自分《じぶん》では気《き》がついていないけれど、ホームシックにかかっていると思《おも》います。」

お店《みせ》に帰《かえ》ると、約束《やくそく》どおりクロエ先生《せんせい》が話《はな》しはじめた。

「体《からだ》の不調《ふちょう》の原因《げんいん》がホームシックだとしても……。」

「うん、それが、わたしたちの作《つく》るお菓子《かし》とどんな関係《かんけい》があるのかな？」

すばると村木《むらき》が、納得《なっとく》いかないって、顔《かお》をしている。オレだってそう。納得《なっとく》いかない。

「じつはね、わたしもヨーロッパでパティシエ修業《しゅぎょう》をしていたとき、同《おな》じような症状《しょうじょう》になりました。」

クロエ先生《せんせい》が話《はなし》をつづけた。

「あこがれのパティシエ修業《しゅぎょう》をはじめて一週間《しゅうかん》。慣《な》れない土地《とち》、環境《かんきょう》の変化《へんか》で、だんだん食欲《しょくよく》が落《お》ち、毎日《まいにち》がつらくて、笑《わら》うことができなくなったの。」

それが、ホームシックの症状《しょうじょう》？

オレは、ダニエラさんのつらそうな顔《かお》を、思《おも》いうかべた……。

「ルカは、『ママとボクは初来日《はつらいにち》。』って言《い》ってたな。」

すばるにきいた。

「うん、新作映画《しんさくえいが》のPR《ピーアール》と映画祭《えいがさい》のオープニングイベントに出席《しゅっせき》するためなんだよって、スピカねえが言《い》ってた。」

環境《かんきょう》の変化《へんか》とハードなスケジュールで、こころと体《からだ》がつかれて、ホームシックになったのか――。

「それなら、こまったことになる……。」

「渚《なぎさ》、どうしてこまったことになるの？」

村木《むらき》がきいた。

「──ホームシックを治《なお》すのは、『笑顔《えがお》にするお菓子《かし》』じゃない。ホーム、つまり『ふるさと』へ帰《かえ》るしかないじゃないか……。」

オレは静《しず》かに答《こた》えた。

「そんなことむりよ。明日《あした》のレッドカーペットを『笑顔《えがお》で歩《ある》く』ためのお菓子《かし》のオーダーよ。それに、世界《せかい》じゅうから取材《しゅざい》が来《く》るのだから──。」

と村木《むらき》が言《い》いかけて、ハッと口《くち》をつぐんだ。

「大変《たいへん》よ！　いまの状態《じょうたい》のダニエラさんが映《うつ》されたら、映画祭《えいがさい》や新作映画《しんさくえいが》より話題《わだい》になるかも──。ホラ、よくあるじゃない。元気《げんき》がないだけで『不機嫌《ふきげん》なセレブ』とか『美貌《びぼう》が劣化《れっか》！』なんて、ウソばっかり書《か》く雑誌《ざっし》！」

村木《むらき》がものすごいいきおいで心配《しんぱい》しだした。ってかさ、『ウソばっかり書《か》く雑誌《ざっし》』って、村木《むらき》はどんな雑誌《ざっし》読《よ》んでいるんだ？

「……そうですね。出演作品《しゅつえんさくひん》よりプライベートが話題《わだい》になることは、女優《じょゆう》としていちばん、つらいことでしょう。」

クロエ先生《せんせい》がしんみりと言《い》った。

「美《うつく》しくてクール！　そして笑顔《えがお》はとびきりチャーミング。スピカねぇが大好《だいす》きなダニエラさんに、もどってほしい。」

すばるが、キュッとくちびるをかんで言《い》った。

「あの、クロエ先生《せんせい》がホームシックにかかったとき、どうしたんですか？」

村木《むらき》がたずねた。

「日本《にっぽん》からようかんを送《おく》ってもらいました。日本《にっぽん》のようかんが、無性《むしょう》に食《た》べたくなってね。ムシャムシャと食《た》べたら――。元気《げんき》が出《で》ました。」

うれしそうな顔《かお》。無心《むしん》でようかんをかじるクロエ先生《せんせい》を想像《そうぞう》したら、おかしくなった。

「緊張《きんちょう》していたこころが、故郷《こきょう》の食《た》べ物《もの》でほぐれたの。子《こ》どものころ、家族《かぞく》で食《た》べたしあわせな記憶《きおく》がよみがえって、力《ちから》がわいたんです。」

クロエ先生《せんせい》の言葉《ことば》が、こころにひびいた。

「ママがね、ときどき『カイザーシュマーレン』を作《つく》ってくれるの。子《こ》どものころウィーンでよく食《た》べたんだって。」

すばるはフッと言葉《ことば》を切《き》って、オレたちを見《み》た。

そのつづきのコトバは、言《い》わなくてもわかった。

ウィーンで育《そだ》ったお母《かあ》さんが、ホームシックになっているんじゃないか、心配《しんぱい》しているんだ。

「たとえ、すばるのお母《かあ》さんがホームシックにかかっても、カイザーシュマーレンと家族《かぞく》がいるから、だいじょうぶっ！」

オレはすばるの肩《かた》をポンッとたたいた。

「あっ、もしかして！」

オレは、ビビッとひらめいた。

「クロエ先生《せんせい》は、ダニエラさんが『ホームシックにかかっている』と気《き》づいたから『ふるさと』をきいていたの？」

オレは、クロエ先生《せんせい》にきいた。

「はい、そうです。答《こた》えは、シチリアでした。」

そう言《い》って、オレたちをジッと見《み》つめた。

そうか――。ようかんをムシャムシャ食《た》べて元気《げんき》になった自分《じぶん》の経験《けいけん》から、クロエ先生《せんせい》は、ダニエラさんに故郷《こきょう》をきいたんだ。

「ふるさとから遠《とお》くはなれた場所《ばしょ》にいても、『ふるさとの味《あじ》』を口《くち》にすると、パワーが出《で》るんだ。」

オレは、ふたりに言《い》った。

「だから、ダニエラさんの故郷《こきょう》、『シチリア』のスイーツを作《つく》れば——。」

すばるが村木《むらき》を見《み》た。

「——ルカくんのママ、ダニエラさんは笑顔《えがお》になる！」

村木《むらき》が力強《ちからづよ》く言《い》った。

オレたちは、ルカの注文《ちゅうもん》の〝手《て》がかり〟を見《み》つけた。


ダニエラさんのふるさとシチリアは、シチリア島《とう》というイタリアの南西部《なんせいぶ》にある地中海《ちちゅうかい》でいちばん大《おお》きな島《しま》だった。

『伝統《でんとう》のイタリア菓子《がし》』という本《ほん》から、シチリア島《とう》のお菓子《かし》をしらべてみると……。

「うわぁー、イタリア人《じん》はお菓子好《かしず》きなのね。シチリアのお菓子《かし》だけで、たくさんある！」

「ザックリとした見《み》た目《め》のスイーツが多《おお》いのね。それに、揚《あ》げ菓子《がし》が多《おお》いな。」

ページをめくりながら、すばるが気《き》がついたことをノートに書《か》きとめている。

「お菓子《かし》、多《おお》すぎるわ……。」

すばるがペンを止《と》め、ため息《いき》をついた。

「あぁ、いったいどれを選《えら》んだらいいんだ？」

せっかく〝手《て》がかり〟を見《み》つけたのに。あせった気持《きも》ちでつぶやいた。

「ねえ、季節《きせつ》を考《かんが》えてみたら？　イタリアにも、季節《きせつ》のお決《き》まりスイーツ、あるんじゃない？」

村木《むらき》がいきおいよく言《い》った。

『伝統《でんとう》のイタリア菓子《がし》』の目次《もくじ》を探《さが》した――。

「【季節《きせつ》のお菓子《かし》】って項目《こうもく》がある。いまは春《はる》だから……あったぜ！　『カンノーリ』本来《ほんらい》はカルネヴァーレ（謝肉祭《しゃにくさい》）のお菓子《かし》。今《いま》では、一年中店《いちねんじゅうみせ》に並《なら》ぶシチリアの名物《めいぶつ》。ってあるぞ！　百七十九ページ──。」

ページをめくる手《て》が、もどかしい。

「これが、カンノーリ……。」

はじめて見《み》るお菓子《かし》だ。筒型《つつがた》にした生地《きじ》を揚《あ》げた皮《かわ》の中《なか》に、クリームがたっぷりつまっている。

「細《ほそ》いコロネパンみたい。カワイイね。」

「ほんとうに、『いつものおやつ』って感《かん》じね。」

すばると村木《むらき》が楽《たの》しそうに写真《しゃしん》を見《み》てる。

「そうだよ、『いつものおやつ』、これこそ、ホームシックのダニエラさんに、ピッタリじゃないか？」

オレはふたりを見《み》た。

「そうだね！　子《こ》どものころから食《た》べてるよね。」

「きっとカンノーリには、ダニエラさんの思《おも》い出《で》が、いっぱいつまっているんじゃないかしら。」

すばると村木《むらき》が目《め》をキラキラさせて言《い》った。

『カンノーリ』は、クロエ先生《せんせい》の『ようかん』と同《おな》じ力《ちから》をもっているはず。

「これに、かけてみようぜ。」

オレの言葉《ことば》に、村木《むらき》とすばるがうなずいた。

「ルカのママを笑顔《えがお》にするお菓子《かし》、決《き》まりました。カンノーリを作《つく》ります。」

オレたちは声《こえ》を合《あ》わせて言《い》った。クロエ先生《せんせい》は、なにも言《い》わずにうなずいた。

「みなさん、カンノーリについて説明《せつめい》するより、作《つく》って、食《た》べるほうが勉強《べんきょう》になりますね。試作《しさく》しましょう。」

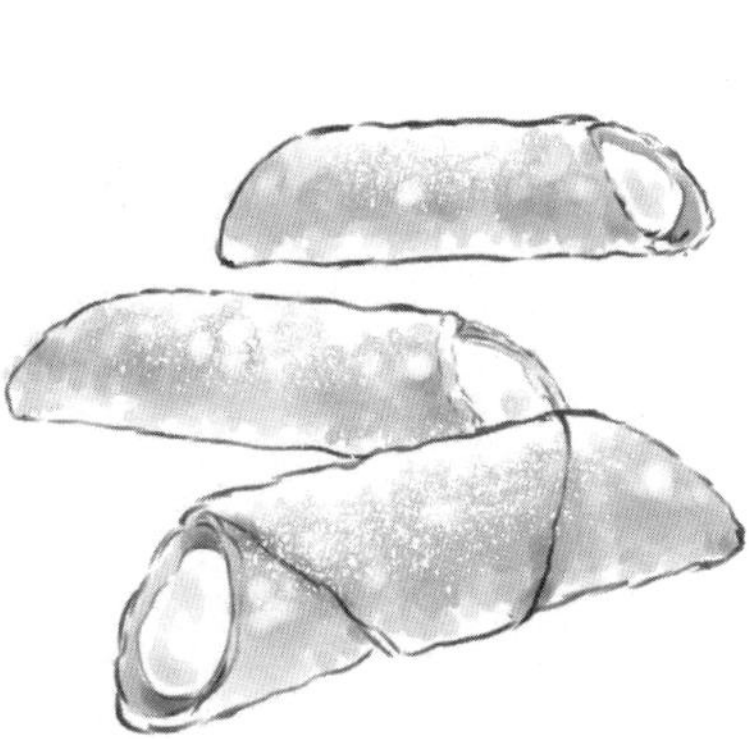

クロエ先生《せんせい》がキッチンへ入《はい》っていった。

そうなんだ……。オレたち、カンノーリを知《し》らない。自分《じぶん》たちで決《き》めたことだけど、見《み》たことも食《た》べたこともないお菓子《かし》を、お客《きゃく》さまに作《つく》るんだ。こんなこと、はじめてだ。だいじょうぶか、オレたち……。

不安《ふあん》がこころをよぎる。

でも、映画祭《えいがさい》のオープニングイベントは明日《あした》なんだ。あともどりしている時間《じかん》はない。

エプロンをキュッとつけて、キッチンへ入《はい》った。

6　カンノーリを作《つく》るぞ！

はじめてのカンノーリ作《づく》りがはじまった。

すばるが、三人《にん》のノート『パティシエへの道《みち》』を開《ひら》き、ペンをにぎった。

「カンノーリを作《つく》る手順《てじゅん》は三つです。①生地《きじ》を作《つく》る　②クリームを作《つく》る　③生地《きじ》を揚《あ》げて中《なか》にクリームをつめる。――はじめに生地《きじ》からです。」

クロエ先生《せんせい》が材料《ざいりょう》を作業台《さぎょうだい》へならべて言《い》った。

①生地《きじ》の材料《ざいりょう》と作《つく》り方《かた》

材料《ざいりょう》は薄力粉《はくりきこ》と強力粉《きょうりきこ》、卵《たまご》、白《しろ》ワイン、グラニュー糖《とう》だ。

「白《しろ》ワインを使《つか》いますが、アルコールは調理《ちょうり》の過程《かてい》でとびますから、心配《しんぱい》しないでください。」

クロエ先生《せんせい》が、ボウルに材料《ざいりょう》を入《い》れながら言《い》った。

「ふるった粉《こな》とグラニュー糖《とう》をまぜたらまんなかをくぼませて、白《しろ》ワインと卵《たまご》を入《い》れ、粉《こな》をくずすようにまとめます。」

オレは、ボウルを出《だ》して、材料《ざいりょう》を入《い》れ、手早《てばや》く生地《きじ》をまとめた。

「ひとつにまとまったら、生地《きじ》を落《お》ちつかせるために冷蔵庫《れいぞうこ》でやすませます。」

クロエ先生《せんせい》が、生地《きじ》を冷蔵庫《れいぞうこ》へ入《い》れた。そして、白《しろ》い容器《ようき》をとりだした。

「やすませている時間《じかん》で、クリームの説明《せつめい》をしますね。」


『★カンノーリのクリームについて』

すばるが、新《あたら》しい項目《こうもく》を書《か》いた。

クロエ先生《せんせい》が説明《せつめい》をつづける。

「このお菓子《かし》の大切《たいせつ》なポイントは、クリームです。この〝リコッタ〟で『リコッタクリーム』を作《つく》ります。シチリアの人々《ひとびと》は、リコッタが大好《だいす》きでね。スイーツだけではなく、パスタと和《あ》えたり、前菜《ぜんさい》にしたりするそうよ。わたしは生《なま》ハムと合《あ》わせるのが好《す》きで、常備《じょうび》しているの。」

そう言《い》いながら、容器《ようき》をあけて、リコッタをスプーンですくった。

「お味見《あじみ》してください。」

見《み》た目《め》は、クリームチーズのような、プレーンヨーグルトのような……。

「いただきます。」

パクッと食《た》べてみた。

「軽《かる》い……。クリームチーズよりサラリとしてる。」

「うん、プレーンヨーグルトより、味《あじ》がうすい。ほんのり甘《あま》く、酸味《さんみ》がある。」

「さわやかね。チーズにしては、軽《かる》く感《かん》じる。チーズなんですか？」

村木《むらき》がクロエ先生《せんせい》にたずねた。

「厳密《げんみつ》にはチーズではないけれど、チーズ売《う》り場《ば》にありますよ。リコッタについて話《はな》すと長《なが》くなるので、時間《じかん》のあるとき、説明《せつめい》しますね。今回《こんかい》はリコッタの味《あじ》をおぼえておいてください。」

クロエ先生《せんせい》が笑《わら》った。

「では、リコッタクリームを作《つく》ります。」

②クリームの材料《ざいりょう》と作《つく》り方《かた》

次《つぎ》のページにタイトルを書《か》いた。実際《じっさい》に作《つく》りながら、ノートをとるのは大変《たいへん》だ。

「リコッタクリームの基本《きほん》は、リコッタの水分《すいぶん》をきり、砂糖《さとう》とまぜる。これだけです。そこへホイップクリームをくわえたり、ナッツ類《るい》、チョコレートや干《ほ》した果物《くだもの》、レモンやオレンジの皮《かわ》の砂糖漬《さとうづ》けなど、好《す》きなものをきざんでまぜます。」

クロエ先生《せんせい》は、説明《せつめい》しながらリコッタをキッチンペーパーをしいたざるにあけた。

「好《この》みでバリエーションがいっぱい。自由《じゆう》なクリーム。」

村木《むらき》が大切《たいせつ》なポイントを書《か》きとめる。

「リコッタクリームの味《あじ》をおぼえるために、今回《こんかい》はなにもくわえず、プレーンなリコッタクリームを作《つく》りましょう。」

クロエ先生《せんせい》が言《い》った。

「はい、クリーム作《づく》りは、わたしにまかせて。」

すばるがホイッパーを持《も》った。

③仕上《しあ》げ――カンノーリ生地《きじ》を完成《かんせい》させ、リコッタクリームをつめる
「生地《きじ》をめん棒《ぼう》で、厚《あつ》さ二ミリにのばします。油《あぶら》で揚《あ》げるので、なるべくうすく！　厚《あつ》いとリコッタクリームをつめたとき、味《あじ》のバランスが悪《わる》くなります。」

「よしっ、オレにまかせて。生地《きじ》をのばすのは、けっこう力《ちから》がいるんだぜ。」

オレは冷蔵庫《れいぞうこ》から生地《きじ》を出《だ》して、のばしはじめた。

ていねいにのばし、あっというまに生地全体《きじぜんたい》が同《おな》じうすさになった。

「山本《やまもと》くん、かんぺきですね！　では約《やく》十センチの正方形《せいほうけい》にカットしてください。それを型《かた》に巻《ま》きつけ、油《あぶら》で揚《あ》げます。」

クロエ先生《せんせい》は説明《せつめい》しながら、オーブンシートとアルミホイルを出《だ》した。

「専用《せんよう》の筒型《つつがた》がないので、代用品《だいようひん》で作《つく》りますね。」

クロエ先生《せんせい》はそう言《い》って、アルミホイル二枚《まい》を生地《きじ》より少《すこ》し大《おお》きく切《き》り、めん棒《ぼう》に重《かさ》ねて巻《ま》きつけて直径《ちょっけい》三センチの筒型《つつがた》にした。その上《うえ》からオーブンシートをクルッと巻《ま》いた。

「これが、カンノーリ型《がた》の代用品《だいようひん》になるのね！　わたし、作《つく》ります。」

村木《むらき》が器用《きよう》にアルミホイルを巻《ま》きはじめた。

オレは、できあがりを想像《そうぞう》して、ちょっと心配《しんぱい》になった。

サイズが大《おお》きすぎる……。これは油《あぶら》で揚《あ》げた『揚《あ》げ菓子《がし》』。シチリアの大《おお》きさだろうけど、食欲《しょくよく》がないダニエラさんには、もっと小《ちい》さいほうが、食《た》べやすいはず。

そう思《おも》いついて、のばした生地《きじ》の半分《はんぶん》を、六センチ四方《しほう》に切《き》ってみた。

「では、筒《つつ》に生地《きじ》を巻《ま》きます。巻《ま》き終《お》わりに卵白《らんぱく》をつけ、はがれないようにします。」

カンノーリ型《がた》の作《つく》り方《かた》

ステンレスのカンノーリ型《がた》もありますが、家《いえ》で手軽《てがる》にできる方法《ほうほう》をしょうかいするね！

1．めん棒《ぼう》を用意《ようい》します。（パイ生地《きじ》やクッキー生地《きじ》をのばす棒《ぼう》だよ。）アルミホイルを30cm《センチ》くらい引《ひ》き出《だ》して切《き》り、半分《はんぶん》に折《お》って、めん棒《ぼう》に巻《ま》きつけます。

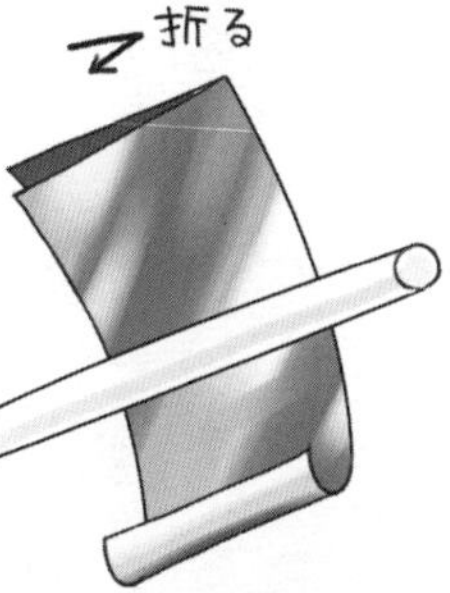

2．その上《うえ》から、15cm《センチ》四方《しほう》に切《き》ったオーブンシートを巻《ま》いて、めん棒《ぼう》をゆっくり引《ひ》き抜《ぬ》くとできあがり！これを必要《ひつよう》な数《かず》だけ作《つく》ります。集中《しゅうちゅう》が必要《ひつよう》よ！

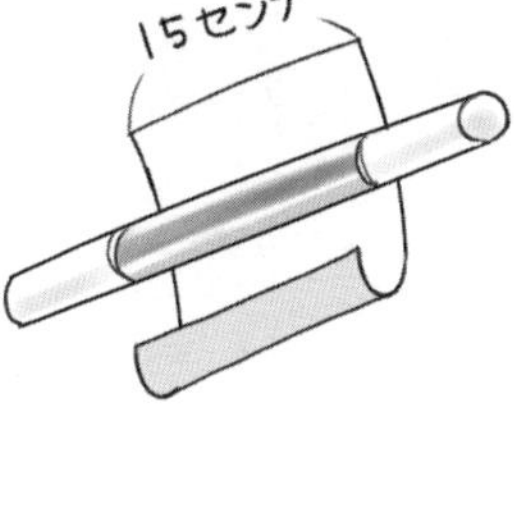

クロエ先生《せんせい》のお手本《てほん》どおり、村木《むらき》が作《つく》った型《かた》にみんなで生地《きじ》を巻《ま》いた。

アルミホイルの型《かた》は、やさしくていねいに巻《ま》かないと形《かたち》がくずれる。

「百六十度《ど》の油《あぶら》で、揚《あ》げます。色《いろ》がついたらとりだして、型《かた》をはずしましょう。」

揚《あ》げ物《もの》のスイーツって、ドーナッツしか知《し》らない。いったい、どんな味《あじ》なんだろう。

ジュワジュワいうなべの中《なか》を見《み》ながら、オレは早《はや》く食《た》べたくてワクワクした。

なべから上《あ》げて、粗熱《あらねつ》がとれたら、アルミホイルで作《つく》った型《かた》をはずして冷《さ》ます——。

「もう、いいみたいよ！」

村木《むらき》がうれしそうに言《い》った。

しぼり袋《ぶくろ》にリコッタクリームをつめて、皮《かわ》の中《なか》にしぼってできあがりだ。

できたー！　味《あじ》はどうかな？　はじめて作《つく》って、はじめて食《た》べるシチリアのお菓子《かし》。油《あぶら》で揚《あ》げたお菓子《かし》とクリームって、合《あ》うのかな？

ドキドキしながら、みんなそろって——。

「いただきます！」

皮《かわ》がパリッとした。

「あれ、油《あぶら》っぽくない。おいしい！　リコッタクリームと相性《あいしょう》バッチリ☆」

すばるが目《め》をまんまるくして、言《い》った。

ホント、うまいぞ。軽《かる》いクリームと揚《あ》げた重《おも》い皮《かわ》。いいバランスだ。想像《そうぞう》していたとおり、『いつものおやつ』だな。

「山本《やまもと》くん、六センチ四方《しほう》の小《ち》さなカンノーリ、食《た》べやすいですね。このバランスが最高《さいこう》ですよ。」

クロエ先生《せんせい》が言《い》った。ねらいどおりで、うれしくなった。

はじめて作《つく》ったイタリア、シチリアのお菓子《かし》に大満足《だいまんぞく》。きっと、ダニエラさんも笑《わら》って食《た》べてくれるな。

「いまはプレーンのクリームだけど、中《なか》にまぜるもので、個性《こせい》を出《だ》しやすいな。オレたちのオリジナルを考《かんが》えようぜ。」

オレは、ふたりに言《い》った。

「うんっ！　とびきりおいしいクリームを作《つく》ろうね。」

「ルカくんとルカくんのママの笑顔《えがお》のために、がんばるぞ！」

村木《むらき》とすばるが力強《ちからづよ》く答《こた》えた。

パティシエ見習《みなら》いの一日《にち》は、まだ終《お》わらない。ううん、やっとはじまったんだ。

7 最高《さいこう》のリコッタクリームを作《つく》ろう！

リコッタクリームのアレンジがはじまった。

ドライクランベリー、レーズン、オレンジピール（オレンジの皮《かわ》の砂糖《さとう》漬《づ》け）、きざんだチョコレート、くだいたアーモンド――。いろいろ用意《ようい》したよ。

「さぁ、ひとつずつリコッタクリームにまぜてみようぜ。」

渚《なぎさ》が小《ちい》さなボウルをズラリとならべて言《い》った。

リコッタクリームをとりわけ、きざんだ材料《ざいりょう》とまぜた。

「たくさんできたね。味見《あじみ》……試食《ししょく》をしよう。」

わたしは、渚《なぎさ》とカノンにスプーンをわたした。

「では、ドライクランベリーからね。」

パクッとひと口食《くちた》べた。

「おっ、おいしい！」

白《しろ》いクリームにクランベリーの赤《あか》。見《み》た目《め》もカワイイし酸味《さんみ》と甘《あま》みがくわわって、いい感《かん》じだ。

次《つぎ》はきざんだレーズンとオレンジピールのクリームだ。

「二種類《しゅるい》くわえたの、正解《せいかい》！〝具《ぐ》だくさん〟のクリームでおいしいわ。」

カノンがニッコリした。

最後《さいご》は、細《こま》かくしたチョコレートとくだいたアーモンドをくわえたクリームね。

「カリッとした食感《しょっかん》が楽《たの》しいな。オレ的《てき》には、これがいちばん！」

渚《なぎさ》がキリッと言《い》った。

「ってかさ——、どれもおいしいじゃないか!?」

渚《なぎさ》が腕組《うでぐ》みをして言《い》った。

「それなら全種類《ぜんしゅるい》作《つく》ろうよ、ねっ。」

カノンが楽《たの》しそうに言《い》った。

「賛成《さんせい》！」

渚《なぎさ》が言《い》った。

「…………」

だけどわたしは、返事《へんじ》ができない。

「……すばる、どうした？　ボーッとして。」

渚《なぎさ》が不思議《ふしぎ》そうに言《い》った。

「たしかに、おいしい。だけど……ほんとうにこれで、いいのかな？」

思《おも》ったことをふたりに言《い》った。

この気持《きも》ち、どう言《い》ったら伝《つた》わるのかな？　カンノーリを作《つく》る、そう決《き》まっているのに、わたしのこころは、サワサワ落《お》ちつかない。

まるで、まっすぐな道《みち》で迷子《まいご》になっているようなんだ……。

「本《ほん》のレシピで作《つく》ったカンノーリがどんなにおいしくても、『ルカくんの注文《ちゅうもん》に応《こた》えた。』って、自信《じしん》がもてないの。」

わたしは、こころの迷《まよ》いを話《はな》した。

「たしかに、いつものオレたちらしくないな……。」

渚《なぎさ》が真剣《しんけん》な顔《かお》で言《い》った。

「うん、わたしたちらしくない……。考《かんが》えなおそう！　ダニエラさんの思《おも》い出《で》の味《あじ》を〝想《そう》像《ぞう》して〟作《つく》ったカンノーリはヤメ！　わたしたちパティシエ見習《みなら》いの〝オリジナルのカンノーリ〟を作《つく》ろうよ。」

カノンがキッパリと言《い》った。

「そうしよう！　オレたちのこころを、ギュッとつめたカンノーリを考《かんが》えようぜ。」

渚《なぎさ》がグッとガッツポーズを決《き》めた。

だけど……考《かんが》えれば考《かんが》えるほど、わからなくなる。

「あー、考《かんが》えすぎて集中《しゅうちゅう》できないよ。村木《むらき》の家《いえ》のせまくて暗《くら》い茶室《ちゃしつ》で考《かんが》えたら、いいアイディアがうかびそうだな。」

渚《なぎさ》が笑《わら》って言《い》った。

ビビッときた!!

「そうだよ、茶室《ちゃしつ》！　『粒《つぶ》あん』だよ。」

なんで気《き》がつかなかったんだろう？　わたしは自信《じしん》をもってふたりを見《み》た。

「粒《つぶ》あんって、和菓子《わがし》の粒《つぶ》あん!?」

カノンがおどろいている。

「そう、粒《つぶ》あん。味《あじ》を想像《そうぞう》してみてよ。リコッタと砂糖《さとう》を控《ひか》えたホイップクリームと粒《つぶ》あんをまぜる。これをカラッと揚《あ》げた小《ちい》さな筒型《つつがた》の皮《かわ》に、たっぷりつめる。」

そう言《い》って、ふたりを見《み》つめた。

「おいしそう……。すばる、わたし賛成《さんせい》！」

「うん、ぜったいうまいぞ。さわやかなリコッタクリームに日本《にっぽん》の味《あじ》を足《た》して……。オレたちらしい！」

渚《なぎさ》がキリッとわたしを見《み》た。

わたしたちは自信《じしん》をもって、クロエ先生《せんせい》にレシピを書《か》いたノートを見《み》せた。

「おどろきました……。これは『必然《ひつぜん》』ですか？」

クロエ先生《せんせい》がまっすぐわたしたちを見《み》て、きいた。

真剣《しんけん》な顔《かお》だ。

「『必然《ひつぜん》』って？」

意味《いみ》を、きいてみた。

「必然《ひつぜん》とは、『それ以外《いがい》ありえない。』ってことです。」

「それ以外《いがい》ありえない……。そうです！　ダニエラさんを笑顔《えがお》にするには、このお菓子《かし》しかありません！」

わたしは、力強《ちからづよ》く答《こた》えた。

「わかりました。あなたたちのレシピを信《しん》じましょう。ですが……。」

クロエ先生《せんせい》が言葉《ことば》を切《き》った。

「このカンノーリで大切《たいせつ》な材料《ざいりょう》、粒《つぶ》あんはどうするのですか？」

クロエ先生《せんせい》がきいた。

「それは……。」

カノンがこまった顔《かお》をしてわたしを見《み》た。

「それは、考《かんが》えてあります。リコッタクリームに合《あ》う『必然《ひつぜん》の粒《つぶ》あん』があります。」

「『必然《ひつぜん》の粒《つぶ》あん』ですか……?」

クロエ先生《せんせい》がおどろいてききかえした。

「はい。」

わたしは、胸《むね》をはって答《こた》えた。

8 必然《ひつぜん》の粒《つぶ》あん

「すばる、『必然《ひつぜん》の粒《つぶ》あんがある。』なんて言《い》ったけど、だいじょうぶなのか!?」

渚《なぎさ》が、わたしを見《み》た。

「もちろん！　これから『必然《ひつぜん》の粒《つぶ》あん』をくださいって、お願《ねが》いに行《い》くの。」

お店《みせ》を出《で》て、自転車《じてんしゃ》にまたがって答《こた》えた。

「ちょっとまって！　もう五時《じ》すぎよ。いまからどこへお願《ねが》いに行《い》くの？　すばる、わかりやすく説明《せつめい》して。」

カノンの声《こえ》があせっている。

「――ごめん、ちゃんと説明《せつめい》するね。」

わたしは自転車《じてんしゃ》からおりて、ふたりを見《み》た。

「ルカくんがよろこんでいた『粒《つぶ》あん』だよ。ツヤがあってしっかりした甘《あま》さ。だけど、スーッと消《き》えていく上品《じょうひん》な甘《あま》さ――。」

わたしは、カノンの家《いえ》で食《た》べた『花《はな》かすみ』を思《おも》いだしながら言《い》った。

「萬年堂《まんねんどう》ね！」

カノンがニッコリした。

「うん、萬年堂《まんねんどう》のあんこをイメージしてたのか。たしかにあのおいしさは『必然《ひつぜん》の粒《つぶ》あん』だな。」

渚《なぎさ》がうなずいた。

「それに、おぼえている？　亜子《あこ》ちゃんのことを――。」

わたしは、おでこがカワイイ二年生《ねんせい》の亜子《あこ》ちゃんを思《おも》いうかべて言《い》った。

「……亜子《あこ》ちゃん？　おぼえているよ、チーズケーキの亜子《あこ》ちゃんね。卵《たまご》アレルギーで、ふつうのケーキが食《た》べられないんだよね。だから毎年《まいとし》、萬年堂《まんねんどう》に『お誕生日《たんじょうび》まんじゅう』を注文《ちゅうもん》していて……。」

カノンが記憶《きおく》をたどりはじめた。

「……でも、今年《ことし》の八歳《さい》のバースデーは、オレたちが作《つく》ったチーズケーキでお祝《いわ》いしたんだよな。村木《むらき》がサプライズでクロエ先生《せんせい》のお店《みせ》でパーティーも企画《きかく》してさ！　楽《たの》しかったな……。あっ、あのとき！」

　渚《なぎさ》の目《め》が、キランと光《ひか》った。

　そう、あのパーティーは、萬年堂《まんねんどう》のおじさんにもサプライズゲストで来《き》てもらった。いっしょにチーズケーキを食《た》べてね。おじさん、「おいしくできているよ。」ってほめてくれたんだ。そして……、

「『きみたちは、〝菓子職人《かししょくにん》〟をめざしているんだってね。なにかあったら、いつでも相談《そうだん》にのるよ。』って言《い》ってくれたじゃない。」

「でも、だからといって、三日間《みっかかん》かけて作《つく》る大切《たいせつ》なものを、わけてくれるかな？」

　渚《なぎさ》が心配《しんぱい》そうな顔《かお》をして、わたしを見《み》つめた。

「わたしたちのレシピには、どうしても必要《ひつよう》なの。萬年堂《まんねんどう》の粒《つぶ》あんを、わけてくださいってお願《ねが》いに行《い》こう。」

　わたしは、力《ちから》をこめて言《い》った。

「うん！　迷《まよ》っている時間《じかん》はないな。閉店《へいてん》するまえに行《い》こうぜ！」

渚《なぎさ》が力強《ちからづよ》く言《い》った。

オレンジ色《いろ》に染《そ》まる空《そら》の下《した》、わたしたちは商店街《しょうてんがい》をめざした。

【御菓子司《おんかしつかさ》　萬年堂《まんねんどう》】大《おお》きな木製《もくせい》の看板《かんばん》が目印《めじるし》の和菓子屋《わがしや》さん。入《い》り口《ぐち》は引《ひ》き戸《ど》で、むらさき色《いろ》の『暖簾《のれん》』がかかっている。よかった、まだあいていた……。

「こんにちはー！」

ガラガラと扉《とびら》をあけ、中《なか》へ入《はい》った。和菓子《わがし》がならぶショーケースが正面《しょうめん》にある。

「いらっしゃいませ。……すみません、そろそろ閉店《へいてん》するところなんでお菓子《かし》が少《すく》ないんですよ。あら？　あなたたち……ひさしぶりね。」

萬年堂《まんねんどう》のおばさんが、わたしたちを見《み》て、にっこり笑《わら》った。

「親方《おやかた》〜、『菓子職人見習《かししょくにんみなら》い』さんたちよ。」

お店《みせ》の奥《おく》に向《む》かって声《こえ》をかけた。萬年堂《まんねんどう》のおじさんが、笑顔《えがお》でやってきた。

紺色《こんいろ》の着物《きもの》みたいな服《ふく》（作務衣《さむえ》っていうそうだ。）と、短《みじか》い白《しろ》い帽子姿《ぼうしすがた》。いつもピシッと決《き》めているんだ。

「今日《きょう》は、お買《か》い物《もの》ではないんです。お願《ねが》いがあって来《き》ました！」

「オレたち……ぼくたちに、力《ちから》を貸《か》してください。」

「お願《ねが》いします！」

ペコッと頭《あたま》を下《さ》げた。

「おやおや……。ずいぶん思《おも》いつめた顔《かお》をして――。菓子職人見習《かしょくにんみなら》いとして、なにかがあったんだね。」

おじさんが真剣《しんけん》な顔《かお》で言《い》った。

渚《なぎさ》が、ルカくんからの注文《ちゅうもん》の話《はなし》をした。

カノンがダニエラさんのことを説明《せつめい》した。

わたしは、カンノーリのことを、話《はな》さなくちゃ……。

「小麦粉《こむぎこ》の生地《きじ》を揚《あ》げて、中《なか》に粒《つぶ》あんをつめようと考《かんが》えています。」

ごまかしてしまった。ウソはついてない。だって、じっときいている萬年堂《まんねんどう》のおじさんの顔《かお》を見《み》ていたら、「粒《つぶ》あんをリコッタクリームにまぜたい。」って、言《い》いづらくなってしまったんだ。

「萬年堂《まんねんどう》のおじさん、粒《つぶ》あんをわけてください！」

わたしたちは、もう一度《いちど》お願《ねが》いした。

おじさんは、大《おお》きくうなずいた。

「よくわかった。お客《きゃく》さまのために、がんばっているんだね。ただ、なんでかなぁ……。」

おじさんが、さびしそうな顔《かお》をした。

「なぜ、自分《じぶん》たちで『粒《つぶ》あん』を作《つく》ろうとしないの？　亜子《あこ》ちゃんのために熱心《ねっしん》にケーキを作《つく》った、きみたちなのに。」

腕組《うでぐ》みして、わたしたちを見《み》つめてる。

意外《いがい》な言葉《ことば》にビックリした。

「えっ、それはむり、むりです。三日間《みっかかん》かけて作《つく》る『萬年堂《まんねんどう》』の粒《つぶ》あんを作《つく》るなんてできません……。」

わたしはあわてて言《い》った。

「そうか……。ところできみたち、おなかがすいていないかな？」

おじさんが急《きゅう》に話《はなし》を変《か》えて言《い》った。

「はい、じつはペコペコです……。」

「カルボナーラを食《た》べただけだもん。」

渚《なぎさ》とカノンが答《こた》えた。

「では、おやつを食《た》べて帰《かえ》るといいよ。」

わたしたちは、奥《おく》の居間《いま》へとおされた。

「さぁ、どうぞ。」

おばさんが、大福《だいふく》とお茶《ちゃ》を用意《ようい》してくれた。ぷっくりまるくて、おいしそう！　大福《だいふく》の皮《かわ》の下《した》、粒《つぶ》あんが透《す》けて見《み》えてる。うー、たまらない！

「いただきます。」

カプッとかじったら、みずみずしいいちごが、口《くち》の中《なか》ではじけた。

「いちご大福《だいふく》だったんだ！　粒《つぶ》あんといちごが、口《くち》の中《なか》でひとつになって！　あぁ、最《さい》高《こう》！」

カノンがうっとりしている。

「朝《あさ》からいっしょうけんめいだったから、あんこが体《からだ》にしみる〜。」

渚《なぎさ》の目《め》が、ウルウルしてる。

「おいしいね。ケーキが大好《だいす》きだけど、和菓子《わがし》も大好《だいす》きよ。」

わたしも、夢中《むちゅう》で食《た》べた。

「とっても、おいしかったです。ごちそうさまでした。」

「よかったわ。いちご大福《だいふく》は、みんなのお母《かあ》さんが子《こ》どものころに考案《こうあん》された、新《あたら》しい和《わ》菓子《がし》なのよ。」

おばさんが言《い》った。

「どうやって考案《こうあん》されたか知《し》っているかな？」

おじさんが、わたしたちに質問《しつもん》した。うーん、わからない。ってか、和菓子《わがし》のことは、考《かんが》えたこともなかった。

「『いちご』のお菓子《かし》といえば『ケーキ』、つまり『洋菓子《ようがし》』だろう。ところがある職人《しょくにん》さんが、いちごを『和菓子《わがし》』に使《つか》おうと、大福《だいふく》の中《なか》に入《い》れることを思《おも》いついたそうだよ。」

おじさんが、わたしたちを見《み》つめて言《い》った。

「へー、知《し》らなかった。もしかして、その職人《しょくにん》さんは、いちごのショートケーキを見《み》て思《おも》いついたのかもね。」

カノンが言《い》った。

「おもしろいね。いちごをつつむ〝クリーム〟が〝あんこ〟、〝スポンジケーキ〟が〝餅《もち》〟ってことかな？」

渚《なぎさ》が笑《わら》った。

「ねぇ、きみたちは『和菓子職人《わがししょくにん》はガンコ。』と、思《おも》っていないかい？　でもね、その逆《ぎゃく》。こんな和菓子《わがし》を考案《こうあん》するんだ。和菓子職人《わがししょくにん》は、頭《あたま》がやわらかいんだよ。」

おじさんが、ニッコリと笑《わら》った。

いちご大福《だいふく》を食《た》べてわかった。和菓子職人《わがししょくにん》さんは、いろいろなものをヒントに、新《あたら》しいお菓子《かし》を作《つく》ってきたんだね。

「あっ、もしかして……。」

おじさんは、気《き》づいているんだ!?

だから、いちご大福《だいふく》の話《はなし》をしたんだ。

「──ごめんなさい！　わたし、ちゃんと説明《せつめい》してませんでした。ほんとうは、おじさんの粒《つぶ》あんとリコッタクリームをまぜて、カンノーリにつめたいんです。」

心臓《しんぞう》がバクバクする。「ダメ」って言《い》われるかもしれない。

「粒《つぶ》あんをクリームにまぜるんだね。それなら、いつも作《つく》っている粒《つぶ》あんでは、ちょっと合《あ》わないな。材料《ざいりょう》と分量《ぶんりょう》を考《かんが》えないと……。そうだ！ いっしょに作《つく》ろう。明日《あした》の朝《あさ》九時《じ》に、お店《みせ》へ来《き》なさい。」

「えっ、作《つく》るって!? 三日間《みっかかん》もかかるんでしょ、明日《あした》、必要《ひつよう》なんです！」

わたしはおどろいてさけんでしまった。

「だいじょうぶ。粒《つぶ》あんの作《つく》り方《かた》は、ひとつじゃないんだよ。」

おじさんがやさしい目《め》をして言《い》った。

9 はじめての粒《つぶ》あん作《づく》り

日曜日《にちようび》の朝《あさ》が来《き》た。

きのう、ヘトヘトにつかれてベッドにもぐりこんだのに、目《め》ざましより早《はや》く目《め》が覚《さ》めた。

今日《きょう》はルカくんからの注文《ちゅうもん》『マンマを笑顔《えがお》にするお菓子《かし》』をホテルへおとどけする日《ひ》。

準備《じゅんび》は調《ととの》っている。あとは、自分《じぶん》たちのレシピを信《しん》じて、こころをこめて作《つく》るだけ。

いつも、お客《きゃく》さまのためにケーキを作《つく》るときは、クロエ先生《せんせい》がやさしく見守《みまも》ってくれる。だから、わたしたちパティシエ見習《みなら》いは、思《おも》いきって作《つく》れるんだ。

だけど、今日《きょう》はいつもとちがう。

クロエ先生《せんせい》はお店《みせ》で『必然《ひつぜん》の粒《つぶ》あん』がとどくのをまっているんだ。

その『必然《ひつぜん》の粒《つぶ》あん』を作《つく》るのは、カノンと渚《なぎさ》とわたし——。

がんばるぞ！

「ママ、パパいってきますっ!!」

わたしは、いつもより百倍気合《ばいきあい》を入《い》れて、家《いえ》を出《で》た。

まちあわせの皇子台公園《おうじだいこうえん》へ自転車《じてんしゃ》を走《はし》らせた。カノンと渚《なぎさ》が来《き》ていた。

「おはよう、さぁ行《い》くぞ！」

渚《なぎさ》がキリッと言《い》った。

商店街《しょうてんがい》の入《い》り口《ぐち》の駐輪場《ちゅうりんじょう》に自転車《じてんしゃ》を止《と》め、アーケードの中《なか》を歩《ある》いていく。

お店《みせ》のシャッターが次々《つぎつぎ》とあいて、開店準備《かいてんじゅんび》をはじめている。

仕入《しい》れた品物《しなもの》をならべている八百屋《やおや》さん、シャッターを半分《はんぶん》あけたままでおしゃべりをしている日用雑貨《にちようざっか》のお店《みせ》の人《ひと》。お店《みせ》の掃《は》き掃除《そうじ》をしている花屋《はなや》さん……。

『御菓子司《おんかしつかさ》　萬年堂《まんねんどう》』についた。お店《みせ》の前《まえ》は水《みず》がまかれ、むらさき色《いろ》の暖簾《のれん》も出《で》ている。

「おはようございます。」

暖簾《のれん》をくぐり、大《おお》きな声《こえ》であいさつした。

「おはよう。支度《したく》ができたら、さっそくはじめるよ。」

おじさんが言《い》った。

おじさんは、ショーケースの向《む》こう側《がわ》にわたしたちを入《い》れた。その左奥《ひだりおく》に、ガラス戸《ど》がある。引《ひ》き戸《ど》をあけて中《なか》へ入《はい》った。

「これが、和菓子屋《わがしや》さんのキッチンなのね。」

カノンがつぶやいた。

「村木《むらき》、キッチンって、ヘンじゃない？　和菓子店《わがしてん》だぞ。それから、オレ考《かんが》えたんだ。粒《つぶ》あん作《づく》りを習《なら》うんだ。『おじさん』じゃなくて『親方《おやかた》』って言《い》わなくちゃ。」

渚《なぎさ》が注意《ちゅうい》した。

「ハハハ、なんでもいいよ。ここは、わたしの仕事場《しごとば》だよ。どうだい、洋菓子《ようがし》の仕事場《しごとば》とはちがうかな？」

おじさんがきいた。

「萬年堂《まんねんどう》さんの厨房《ちゅうぼう》は、大《おお》きな器械《きかい》や道具《どうぐ》が多《おお》いな。たくさんある四角《しかく》い大《おお》きな木《き》の箱《はこ》はなんですか？」

渚《なぎさ》がきいた。

「『せいろ』だよ。素材《そざい》を蒸《む》したり、まんじゅうを作《つく》るときに使《つか》うんだ。」

おじさんが説明《せつめい》してくれた。

「蒸《む》すのか！　洋菓子《ようがし》も蒸《む》す作業《さぎょう》はあります。プディングを作《つく》るとき、オーブンの天《てん》パンにお湯《ゆ》を入《い》れて『蒸《む》し焼《や》き』にするんだ。」

渚《なぎさ》が『せいろ』を手《て》にして言《い》った。

「クロエ先生《せんせい》のキッチンと、同《おな》じものがあるわ。へら、ホイッパー、ざる……。」

カノンがかべにかけてある道具《どうぐ》を見《み》て言《い》った。

「水道《すいどう》の蛇口《じゃぐち》、長《なが》いホースがついてる。流《なが》しも深《ふか》いな。和菓子《わがし》はお水《みず》をいっぱい使《つか》うのかな？」

わたしたちは、和菓子職人《わがししょくにん》の仕事場《しごとば》を観察《かんさつ》した。

「さぁ、はじめるよ。」

「はいっ！　親方《おやかた》、よろしくお願《ねが》いします。」

三人《にん》であいさつした。

材料《ざいりょう》はふたつ、小豆《あずき》と砂糖《さとう》だけ。

赤茶色《あかちゃいろ》の小《ちい》さな豆《まめ》、わたしたち、煮《に》るまえの豆《まめ》を見《み》るのは、はじめてなんだ。

一センチもない小《ちい》さくて、固《かた》い豆《まめ》が、どうやってやわらかい粒《つぶ》あんになるんだろう？

「小豆《あずき》の種類《しゅるい》は『丹波大納言《たんばだいなごん》』といいます。皮《かわ》が破《やぶ》けにくいから、粒《つぶ》あんにいいんだ。そして砂糖《さとう》は『白《しろ》ざらめ糖《とう》』、あとは水《みず》で作《つく》ります。」

水《みず》で作《つく》ります――。不思議《ふしぎ》なひびきだ。

渚《なぎさ》がざるに小豆《あずき》を入《い》れ、親方《おやかた》といっしょに洗《あら》いはじめた。ジャッ、ジャッ、かわいた音《おと》がひびく。

「いつもは、一晩水《ひとばんみず》につけるのだけど、今回《こんかい》は洗《あら》ってすぐに火《ひ》にかけるよ。」

親方《おやかた》が小豆《あずき》を寸胴型《ずんどうがた》のなべに入《い》れ、水《みず》をそそぎ、コンロの火《ひ》をつけた。

「水《みず》につけないのは、なぜ？」

渚《なぎさ》がきいた。

「このほうが、小豆《あずき》の香《かお》りが強《つよ》く残《のこ》るんだよ。クリームにまぜるなら、小豆《あずき》らしさがあるほうがいいと思《おも》ってね。」

小豆《あずき》が煮《に》えてきて、水《みず》の表面《ひょうめん》に、白《しろ》いアワが出《で》てきた。

「これは小豆《あずき》のあく。こまめにとることが大切《たいせつ》だよ。」

わたしとカノンで、お玉《たま》を持《も》ってていねいにすくった。どんどん温度《おんど》が上《あ》がり、なべの中《なか》がグラグラと沸騰《ふっとう》してきたぞ。

「沸騰《ふっとう》してきたら、半分《はんぶん》お湯《ゆ》を捨《す》てる、そしてすぐに水《みず》をくわえ、温度《おんど》を下《さ》げる！」

と言《い》うなり、親方《おやかた》が小豆《あずき》の入《はい》ったなべを持《も》ち、素早《すばや》く動《うご》いた。

——ザッ！　ジャーッ……。

湯気《ゆげ》がもうもうと立《た》ち、わたしたちは小豆《あずき》の湯気《ゆげ》のにおいにつつまれた。ビックリして、とっさにうしろへ下《さ》がった。

「ビックリしたかな？　小豆《あずき》に急《きゅう》な温度変化《おんどへんか》を与《あた》え、皮《かわ》を締《し》める。これを『びっくり水《みず》』というんだよ。」

親方《おやかた》が、笑《わら》って言《い》った。ほんとうにビックリしたよ……。

「次《つぎ》は、また火《ひ》にかける。今度《こんど》は沸騰《ふっとう》したら、すべてのお湯《ゆ》を捨《す》てるんだ。手伝《てつだ》うから、次《つぎ》はきみたちがやってごらん。」

渚《なぎさ》がサッと前《まえ》へ出《で》た。流《なが》しに大《おお》きなざるをおき、その中《なか》に小豆《あずき》ごと一気《いっき》にお湯《ゆ》を流《なが》した。

「うわっ、すごい熱気《ねっき》……。」

わたしたちは、ざるの中《なか》をのぞいてみた。色《いろ》がうすくなった小豆《あずき》が、水分《すいぶん》をふくんで、ひとまわり大《おお》きくなっていた。

「いい香《かお》り、これが小豆《あずき》の香《かお》りなのね。」

カノンがにっこりして言《い》った。

「ざるにあけた小豆《あずき》をサッと水《みず》で洗《あら》う。これは『渋《しぶ》きり』という作業《さぎょう》なんだ。『渋《しぶ》きり』

が終《お》わったら、またなべに小豆《あずき》とひたひたの水《みず》を入《い》れて、やわらかくなるまで煮《に》るよ。」

ほんとうによく水《みず》を使《つか》うなぁ。水《みず》で作《つく》るって、こういうことなんだね。

「なぜ、同《おな》じような作業《さぎょう》をくりかえすのですか？　一度《いちど》に煮《に》れば、早《はや》いのに……。」

わたしは半分火《はんぶんひ》のとおった小豆《あずき》を見《み》てたずねた。

「不思議《ふしぎ》そうな顔《かお》をしているね。こうした地味《じみ》な作業《さぎょう》が小豆《あずき》の渋《しぶ》み、えぐみをとり、すっきりとおいしい豆《まめ》に煮上《にあ》げるんだよ。」

親方《おやかた》が言《い》った。

ゆっくり小豆《あずき》がやわらかくなっていく。

――どれくらいの時間《じかん》がたっただろう？

「ちょっと見《み》てみよう。みんなもためしてごらん。熱《あつ》いから、気《き》をつけて。」

親方《おやかた》が小豆《あずき》をすくった。それを一粒《つぶ》つまみ、指《ゆび》でつぶした。マネをして、つぶしてみた。

皮《かわ》の中《なか》から白《しろ》い中身《なかみ》が出《で》た。すーっとつぶれた。

「よし、煮上《にあ》がった。」

親方《おやかた》はそう言《い》うと、すばやく小豆《あずき》をざるにあけた。――ものすごい湯気《ゆげ》の中《なか》に、ぷっくりとした小豆《あずき》があらわれた。

「ここまで来《き》たら、もう少《すこ》しだよ。」

親方《おやかた》がニッコリして言《い》った。

「煮上《にあ》がった小豆《あずき》をなべに入《い》れ、白《しろ》ざらめ糖《とう》をくわえる。豆《まめ》の水分《すいぶん》でざらめが少《すこ》しとけたら、また、火《ひ》にかけるんだ。そうそう――。」

そう言《い》って、塩《しお》を出《だ》した。

それで、塩《しお》!?

「クリームとまぜるなら、いつもの『粒《つぶ》あん』より甘《あま》さをクッキリさせたほうがいいね。」

わたしたちは、顔《かお》を見合《みあ》わせた。

「甘《あま》さを強調《きょうちょう》したいとき、砂糖《さとう》をたくさん入《い》れるだけじゃない。甘《あま》さと反対《はんたい》の味《あじ》、塩《しお》をくわえるんだ。」

まるで、おまじないをするみたいに、親方《おやかた》は、ひとつまみの塩《しお》をなべに入《い》れた。

なべを火《ひ》にかけ、いよいよ仕上《しあ》げだ。カノンが木《き》べらをにぎりしめ、粒《つぶ》あんを練《ね》りはじめた。

「できるだけ強火《つよび》で煮《に》つめていくんだよ。コツは、かきまぜすぎないこと。」

親方《おやかた》がカノンに言《い》った。

「フッフッと沸騰《ふっとう》してきた。まぜなくちゃ!!」

カノンが木《き》べらで小豆《あずき》をまぜようとした。

「あわてなくてもだいじょうぶ。小豆《あずき》の粒《つぶ》をつぶさないよう、へらをなべ底《ぞこ》へさして、ゆっくりまぜてごらん。」

「小豆《あずき》の粒《つぶ》を、つぶさないようにまぜるって、むずかしい。水分《すいぶん》がぬけて、木《き》べらが重《おも》く感《かん》じる……。すばる、かわって。」

「オーケー！　わぁ、いままで感《かん》じたことのない重《おも》さだよ。渚《なぎさ》、やってみて。」

「うん、シュー生地《きじ》作《づく》り、カスタードクリーム作《づく》り、どれもなべの中《なか》の作業《さぎょう》があった。それと感覚《かんかく》がぜんぜんちがうぞ。」

渚《なぎさ》が、おどろいてる。

「木《き》べらが、重《おも》いんじゃないよ。こわがっているだろう？」

親方《おやかた》が言《い》った。

そのとおりだ。できるだけ強火《つよび》で、小豆《あずき》をこがさないよう、思《おも》いっきり木《き》べらを使《つか》いたい。だけど小豆《あずき》の粒《つぶ》をつぶしてはいけない。そう思《おも》っているから、こわいんだ。

「ていねいに小豆《あずき》を煮《に》たんだ。だいじょうぶ、自分《じぶん》を信《しん》じて。」

親方《おやかた》がピシャリと言《い》った。

つやのある粒《つぶ》あんにしなければ、リコッタクリームとなじまない。

渚《なぎさ》が、木《き》べらをにぎり直《なお》した。そして、グッとなべ底《ぞこ》へ入《い》れて、ゆっくり返《かえ》した。

「よい状態《じょうたい》だ。木《き》べらでなべ底《ぞこ》からあんをすくって、ポトッと落《お》としてごらん……。」

キレイな山形《やまがた》のまま、落《お》としたあんがなべ底《ぞこ》にとどまっている。

「火《ひ》を止《と》めて。すぐに粗熱《あらねつ》をとるよ。粒《つぶ》あんをすくって、バットの中《なか》に小分《こわ》けにして。」

わたしは、親方《おやかた》に教《おし》えられたように、粒《つぶ》あんをすくった。

「粒《つぶ》あん、完成《かんせい》だよ。」

親方《おやかた》がわたしたちを見《み》て、言《い》った。

生《う》まれてはじめて作《つく》った『粒《つぶ》あん』。できたての粒《つぶ》あん。

うれしくて、三人《にん》でじっとバットの中《なか》を見《み》つめた。

「味見《あじみ》をしてごらん。」

親方《おやかた》が、小皿《こざら》にとりわけてくれた。

「おいしい、すごくおいしい！　甘《あま》さがクッキリしているのが、わかる……。」

「うん、『花《はな》かすみ』の粒《つぶ》あんは、口《くち》の中《なか》でスーッと消《き》えた。これは、小豆《あずき》の味《あじ》と香《かお》りを強《つよ》く感《かん》じる……。」

「赤茶色《あかちゃいろ》の小豆《あずき》が、上品《じょうひん》な黒《くろ》……ううん、とても濃《こ》いむらさき色《いろ》になったわ。」

カノンがうっとりしてる。

よかった。萬年堂《まんねんどう》の親方《おやかた》のおかげで、ツヤツヤ理想《りそう》の粒《つぶ》あんを作《つく》ることができた。

これこそ、『必然《ひつぜん》の粒《つぶ》あん』だ。

「親方《おやかた》、どうもありがとうございました！」

あとかたづけをして、『萬年堂《まんねんどう》』を出《で》た。いよいよリコッタクリーム作《づく》りだ。

楽《たの》しみで胸《むね》をわくわくさせながら、わたしたちはペダルをこいだ。

10　クロエ先生《せんせい》のお店《みせ》へ

カノンです。萬年堂《まんねんどう》を出《で》て、ただいま『お菓子《かし》のアトリエ　マダム・クロエ』に到着《とうちゃく》しました。

とにかく今日《きょう》も朝《あさ》から、大《おお》いそがしです。

こんなこと〝パティシエ見習《みなら》い〟になってから、はじめて。きのうからずっと、お菓子《かし》のことを考《かんが》えて、考《かんが》えて、そして行動《こうどう》をしてる。

でもだいじょうぶ、つかれていないよ。

すばると渚《なぎさ》といっしょにがんばっていると、つかれなんか感《かん》じない。

それに――。

わたしたちの作《つく》るお菓子《かし》で、ルカくんのママが笑顔《えがお》になって、元気《げんき》にレッドカーペットを歩《ある》く――。その姿《すがた》を想像《そうぞう》すると、グーンと力《ちから》がわいてくるんだ。

さぁ、いよいよカンノーリ作《づく》りだ。

——カラン、カラン。

「クロエ先生《せんせい》、できました！」

玄関《げんかん》の扉《とびら》を押《お》して、お店《みせ》に入《はい》った。

「みなさん、まっていましたよ。『必然《ひつぜん》の粒《つぶ》あん』が完成《かんせい》したのですね。」

クロエ先生《せんせい》が、静《しず》かにきいた。

「はい、これが『必然《ひつぜん》の粒《つぶ》あん』です。萬年堂《まんねんどう》の親方《おやかた》に習《なら》って作《つく》りました。」

わたしたちは、クロエ先生《せんせい》にできたての粒《つぶ》あんを見《み》せた。

「まぁ……。美《うつく》しい粒《つぶ》あんです。ツヤがあって、小豆《あずき》の一粒一粒《ひとつぶひとつぶ》が立《た》って……。おいしそうですわ。味見《あじみ》させてくださいね。」

そう言《い》って、粒《つぶ》あんをスプーンですくって、パクッ！

「小豆《あずき》の味《あじ》を感《かん》じます。クッキリとした甘《あま》さ。おいしいです。」

にっこりほほえんだ。

その言葉《ことば》を聞《き》いたら、小豆《あずき》のなべの前《まえ》に長《なが》い時間《じかん》立《た》ってたこと、何度《なんど》も湯気《ゆげ》につつまれたこと、木《き》べらが重《おも》かったこと……。大変《たいへん》だったことが、スーッと消《き》えた。がんばった実《じっ》感《かん》だけが、残《のこ》ったよ。

粒《つぶ》あんを自分《じぶん》たちで作《つく》って、ほんとうによかった。

「カンノーリ作《づく》りのまえに、昼食《ちゅうしょく》にしましょう。緑川《みどりかわ》さんから、差《さ》し入《い》れがとどいていますよ。」

クロエ先生《せんせい》がランチボックスを出《だ》した。

わぁ、『天《てん》むす弁当《べんとう》』だ！　エビの天《てん》ぷらのおむすびだ。そして野菜《やさい》の煮物《にもの》、卵焼《たまごや》き……。おいしそう。

「いただきます！」

わたしたちは、おいしいランチを食《た》べて元気《げんき》モリモリ。さぁ、カンノーリ作《づく》りをはじめるぞ。

まず、生地作《きじづく》り。渚《なぎさ》がテキパキと材料《ざいりょう》を計量《けいりょう》している。きのう作《つく》ってみたから仕事《しごと》が早《はや》く進《すす》むね。薄力粉《はくりきこ》、強力粉《きょうりきこ》をふるってボウルへ入《い》れる。

グラニュー糖《とう》を加《くわ》えたら、まんなかをくぼませて、白《しろ》ワインと卵《たまご》を入《い》れて、粉《こな》を少《すこ》しずつくずしながらまぜるんだよ。

「よし、ひとつにまとまった。生地《きじ》をやすませよう。」

渚《なぎさ》が冷蔵庫《れいぞうこ》へ生地《きじ》を入《い》れた。

「いよいよクリーム作《づく》りだね。」

すばるがはりきって言《い》った。

はじめにリコッタをペーパータオルでつつみ、ざるに上《あ》げて水分《すいぶん》をきる。その間《あいだ》に、ホイップクリームを作《つく》るよ。

すばるが、ボウルへ生《なま》クリームをそそいだ。

「すばる、ちょっとまって。グラニュー糖《とう》の量《りょう》を変《か》えないと!」

渚《なぎさ》がハッとして言《い》った。

基本的《きほんてき》なホイップクリームは、生《なま》クリームの八〜十パーセントの量《りょう》のグラニュー糖《とう》をくわえてホイップする。

だけど、今日《きょう》はちがう。リコッタの量《りょう》、あとからくわえる粒《つぶ》あんの甘《あま》さを予測《よそく》して、グラニュー糖《とう》の量《りょう》も決《き》めなくちゃいけないね。渚《なぎさ》がノートを出《だ》して計算《けいさん》をはじめた。

そして――。

「よしっ、これでいいぞ。すばる、生《なま》クリームが入《はい》っているボウルを出《だ》して!」

渚《なぎさ》がグラニュー糖《とう》をはかり、くわえた。

――カシャカシャ。

すばるがしっかり角《つの》が立《た》つまでホイップした。

「村木《むらき》さん、リコッタの状態《じょうたい》を確認《かくにん》してください。」

クロエ先生《せんせい》が言《い》った。

「はい、水分《すいぶん》がしっかりきれています。」

わたしはリコッタをボウルにあけ、ホイッパーでなめらかにした。

「ホイップクリームをくわえるよ……。」

すばるがホイッパーをゴムべらに持《も》ちかえ、リコッタとホイップクリームをサックリサックリまぜた。

「うーん、いい感《かん》じ!」

わたしとすばるは、ボウルの中《なか》をのぞいて、ニッコリと顔《かお》を見合《みあ》わせた。

いよいよ粒《つぶ》あんの出番《でばん》だ。完成《かんせい》まで、もう少《すこ》し！　だけど、問題《もんだい》は……。

わたしたちは、『必然《ひつぜん》の粒《つぶ》あん』を見《み》つめた。

「粒《つぶ》あんとリコッタクリームをまぜる『割合《わりあい》』だ、これでおいしさが決《き》まるからな。」

渚《なぎさ》が真剣《しんけん》な顔《かお》で言《い》った。

三人《にん》で話《はな》し合《あ》って、三つのパターンを考《かんが》えた。
①粒《つぶ》あんとリコッタを同量《どうりょう》にする。
②粒《つぶ》あんをリコッタの半量《はんりょう》にする。
③粒《つぶ》あんをリコッタの二倍《ばい》にする。
小《ちい》さなボウルに試作《しさく》を作《つく》って、みんなで味見《あじみ》して、決《き》めることにした。

「粒《つぶ》あんが二倍《ばい》の③は、味《あじ》のバランスが悪《わる》いな。リコッタクリームのよさ、粒《つぶ》あんのおいしさも伝《つた》わらない。」

渚《なぎさ》が首《くび》をふった。

「同《おな》じ分量《ぶんりょう》をまぜた①は、おいしい！　けど、舌触《したざわ》りがちょっと悪《わる》いかな？」

すばるが首《くび》をかしげて言《い》った。

あとは、粒《つぶ》あんの割合《わりあい》がいちばん少《すく》ない②だ。

「粒《つぶ》あんの割合《わりあい》が少《すく》ないのに、これがいちばんおいしい！」

「うん、これがいちばん！」

わたしは、すばると顔《かお》を見合《みあ》わせた。

「リコッタクリームのなめらかさは、そのまま。だけど口《くち》の中《なか》にしっかり存在《そんざい》する粒《つぶ》あんの味《あじ》！　いい割合《わりあい》、うまい——。」

渚《なぎさ》がニカッとした。

「小豆《あずき》の一粒一粒《ひとつぶひとつぶ》に気《き》を配《くば》って、ていねいに作《つく》ったからですね。粒《つぶ》あんがリコッタとホイップクリームの味《あじ》を引《ひ》き立《た》てています。おいしいです……。」

そう言《い》ってクロエ先生《せんせい》がうなずいた。ここまで来《き》たら、あとひと息《いき》だ。

「さぁ、生地《きじ》の仕上《しあ》げにとりかかろうぜ！」

渚《なぎさ》がめん棒《ぼう》を持《も》って言《い》った。

生地《きじ》をうすくのばし、六センチ四方《しほう》にカット、カンノーリ型《がた》に巻《ま》きつけて、油《あぶら》でカリッと揚《あ》げる。

クロエ先生《せんせい》が、新《あたら》しくカンノーリ型《がた》を用意《ようい》してくれた。

ステンレス製《せい》の型《かた》は、とても巻《ま》きやすい。クルクルと手早《てばや》くまるめて、百六十度《ど》のサラダ油《あぶら》の中《なか》へ。

揚《あ》げあがり、粗熱《あらねつ》がとれたら火傷《やけど》に気《き》をつけながら型《かた》からはずす。

「あとは、冷《さ》めるのをまって、クリームをつめれば完成《かんせい》だね。」

と言《い》ったら……。

「みなさん。カンノーリの皮《かわ》が冷《さ》めたら、出発《しゅっぱつ》です。クリームは、お客《きゃく》さまの前《まえ》でつめましょう。」

クロエ先生《せんせい》が言《い》った。

ふと、時計《とけい》を見《み》た。もう三時半《じはん》!! 東京《とうきょう》のホテルにつくのは、何時《なんじ》になるだろう。映画《えいが》祭《さい》のオープニングイベント、俳優《はいゆう》さんたちがレッドカーペットに登場《とうじょう》するのは七時《じ》から——。急《いそ》いで届《とど》けないと!

クロエ先生《せんせい》の車《くるま》がS《エス》市《し》を出《で》て、都内《とない》へ入《はい》った。高速道路《こうそくどうろ》からビルを見《み》ていたら、ルカくんの顔《かお》がうかんで、急《きゅう》に心配《しんぱい》になってきた。

「ダニエラさんは、よろこんでくれるかしら……。」

「だいじょうぶ、心配《しんぱい》しないで。ダニエラさんは、きっと笑顔《えがお》になるよ。」

すばるが、わたしの手《て》をギュッとにぎって言《い》った。

「うんっ！　そうだ、つばさちゃんにメールを送《おく》らなくちゃ。わたしたちを、ハラハラしてまっているはずだもん。」

『つばさちゃんへ・ルカくんからのご注文《ちゅうもん》のお菓子《かし》、もうすぐ、おとどけです☺』

と打《う》って、送信《そうしん》ボタンをポチッと押《お》した。と、そのとき――。

「カノン、アレ見《み》て！」

すばるが、歩道《ほどう》を指《ゆび》さした。

「レッドカーペットだ！」

目《め》が覚《さ》めるほど、キレイな赤《あか》い道《みち》が、歩道《ほどう》の上《うえ》にできている。なんて美《うつく》しいんだろう。

クロエ先生《せんせい》が、ハンドルをきり、レッドカーペットは見《み》えなくなった。

そして、そのかわりにルカくんのまつT《ティー》ホテルが、目《め》の前《まえ》にあらわれた。

11 おねがい、カンノーリ！

車《くるま》が、ホテルのパーキングへすべりこんだ。

「みなさん、行《い》きましょう。」

クロエ先生《せんせい》がキリッと言《い》った。

わたしたちは車《くるま》からおり、急《いそ》いでエレベーターに乗《の》りこんだ。

カンノーリの入《はい》った銀色《ぎんいろ》のクーラーボックスは、渚《なぎさ》が持《も》った。わたしはカンノーリをサーブするお皿《さら》やトングを入《い》れたバスケットを持《も》った。

カノンは〝パティシエ見習《みなら》い〟のユニフォームと帽子《ぼうし》をしっかりとかかえてる。

ぐんぐんエレベーターが昇《のぼ》っていく。

——チンッ。

扉《とびら》が開《ひら》いた。

最上階《さいじょうかい》のエレベーターホールに、つばさちゃんがひとりで立《た》っていた。

「よかった……。カノンちゃんから連絡《れんらく》がないから、心配《しんぱい》していたのよ。」

つばさちゃんが、ホッとした顔《かお》で言《い》った。

「わたし、車《くるま》の中《なか》からメールしたのよ。ほらっ！」

カノンがケータイの『送信《そうしん》ずみメール』を出《だ》して見《み》せた。

「ごめん、スマホにかえたばかりで……。メールに気《き》がつかなかったわ。ママに知《し》らせなくちゃ。ルカくんといっしょにお部屋《へや》にいるの。」

つばさちゃんがスマホを操作《そうさ》しながら言《い》った。

「えっ?!　つばさちゃん、いつスマホにしたの?!　いいなー。連絡《れんらく》が、サクサクかぁ……。」

カノンがつぶやいた。

「こうして会《あ》えたのですから、問題《もんだい》ないでしょう。さぁ、お客《きゃく》さまがおまちですよ。」

ケータイもパソコンも持《も》っていないクロエ先生《せんせい》が言《い》った。

わたしがお部屋《へや》のベルを押《お》そうとしたら、スッとドアがあいた。

「すばる、カノン、なぎさ。まっていました！」

ルカくんが、うれしそうにむかえてくれた。

「おまたせしました。〝パティシエ見習《みなら》い〟ご注文《ちゅうもん》の品《しな》を、おとどけにまいりました。」

わたしはキリッと答《こた》えた。

「あの、ルカくん……。ダニエラさんは、ママはどうしてる？」

カノンが聞《き》いた。

「オープニングイベントにでる、と、いっています……。」

心配《しんぱい》そうな顔《かお》で答《こた》えた。

「映画祭《えいがさい》のスタッフさんが、『おつかれでしたらオープニングイベントのレッドカーペット登場《とうじょう》は、キャンセルしましょう。』と提案《ていあん》なさったのですが、『ファンのみなさんがまっています。』とおっしゃって……。」

つばさちゃんママも心配《しんぱい》そうだ。

「ルカ、だいじょうぶだよ。ダニエラさんは、オレたちのお菓子《かし》を食《た》べて元気《げんき》になるさ。」

渚《なぎさ》が力強《ちからづよ》く言《い》った。

「すぐに準備《じゅんび》できるよ。ママとダイニングルームでまっててね。」

わたしたちは、急《いそ》いでリビングルームの奥《おく》にある小《ちい》さなキッチンへ入《はい》った。ダニエラさんのお部屋《へや》はプレジデンシャル・スイートといって、簡単《かんたん》なお料理《りょうり》ができるキッチンがあるんだよ。

わたしたちは、チョコレート色《いろ》のユニフォームに着《き》がえ、帽子《ぼうし》をかぶった。

「みなさん、ここにサーブ用《よう》のワゴンがあります。カンノーリとリコッタクリームをのせてください。お客《きゃく》さまの前《まえ》で完成《かんせい》させましょう。」

クロエ先生《せんせい》が言《い》った。

「はいっ！」

わたしたちは返事《へんじ》をして、テキパキと準備《じゅんび》する。もう、ドキドキなんかしていられない。自分《じぶん》たちのお菓子《かし》を信《しん》じて、こころをこめてお出《だ》しするだけだ。

クーラーボックスからカンノーリとリコッタクリームを出《だ》した。

籐《とう》のトレイにペーパーナプキンを敷《し》き、カンノーリをならべる。粒《つぶ》あん入《い》りのリコッタクリームをしぼり袋《ぶくろ》へつめた。トング、お皿《さら》――。必要《ひつよう》なものをワゴンにならべた。

「よしっ、行《い》くぜ！」

渚《なぎさ》がワゴンに手《て》をかけた。と、そのとき――。映画祭《えいがさい》スタッフの男《おとこ》の人《ひと》が、ワゴンの前《まえ》に立《た》ち、じっとカンノーリを見《み》つめて言《い》った。

「マダム・クロエ、この地味《じみ》な菓子《かし》は、なんですか？　まさか、これを世界《せかい》のスター、ダニエラさんへお出《だ》しするつもりじゃ……。」

冷《つめ》たい言葉《ことば》。カノンが泣《な》きそうな顔《かお》をした。渚《なぎさ》がキッと男《おとこ》の人《ひと》をにらんでる。

「地味《じみ》な菓子《かし》ではありません。これは、ルカくんのオーダーでパティシエ見習《みなら》いが作《つく》りましたカンノーリです。――さぁ、みなさん運《はこ》んでください。」

クロエ先生《せんせい》が、キッパリと言《い》った。

渚《なぎさ》がワゴンを押《お》してダイニングルームへ入《はい》った。わたしたちも、あとにつづいた。

「ダニエラさん、わたしたちはパティシエ見《み》習《なら》いです。ルカくんからのご注文《ちゅうもん》でお菓子《かし》をご用意《ようい》しました。」

カノンがしっかりとした声《こえ》で言《い》った。ルカくんが、通訳《つうやく》している。

映画祭《えいがさい》スタッフの人《ひと》たちが、きびしい目《め》でワゴンを見《み》つめている。わたしの心臓《しんぞう》が急《きゅう》にバクバクしはじめた。

「カンノーリ……!?」

ダニエラさんがおどろいてつぶやいた。

「はい、カンノーリです。クリームをつめま

すね。」

わたしは、調理用手袋《ちょうりようてぶくろ》をつけ、カンノーリの中《なか》へリコッタクリームをしぼり入《い》れた。一本《ぽん》、二本《ほん》、三本《ぼん》——。カノンがトングでつかんでカンノーリをお皿《さら》にのせた。そして、ダニエラさんの前《まえ》へおいた。

ルカくんがダニエラさんになにかをささやいてる。

「どうぞ、おめしあがりください。」

わたしたちは、こころをこめて言《い》った。

ダニエラさんが、じっとお皿《さら》を見《み》つめている。

お願《ねが》い！　カンノーリ。ダニエラさんを笑顔《えがお》にして。

12 ダニエラ、思《おも》い出《で》のお菓子《かし》を語《かた》る

まぁ、これは……!?

わたしの目《め》は、お菓子《かし》にくぎづけになっている。

ここは、日本《にっぽん》。ふるさとシチリアから遠《とお》くはなれた場所《ばしょ》で、カンノーリだなんて――。

「マンマ、日本《にっぽん》に来《き》てからちゃんと食事《しょくじ》をしていないでしょ。ボク、心配《しんぱい》で……。元気《げんき》を出《だ》してほしくて、『笑顔《えがお》になるお菓子《かし》』を作《つく》ってもらったの。」

ルカが、はにかんだ笑顔《えがお》で言《い》った。

「ドウゾ、オメシアガリクダサイ。」

子《こ》どもたちが、声《こえ》を合《あ》わせて言《い》った。

「しにょーら・だにえら・ぼな・ぺてぃーと。」

ショートカットの女《おんな》の子《こ》が、イタリア語《ご》で言《い》ったので、意味《いみ》がわかった。

おいしそう……。わたしの大好《だいす》きなカンノーリ。いそがしくて、ずいぶん食《た》べていなかったわ。一本手《ぽんて》にとって、ひと口《くち》サクッ！

フレッシュなリコッタクリームが、口《くち》の中《なか》にあふれた。

まぁ、おいしい！　でも、こんなリコッタクリーム、食《た》べたことがないわ。なにが入《はい》っているのかしら？

考《かんが》えていたら、故郷《こきょう》のカンノーリがよみがえってきた。

謝肉祭《カルネヴァーレ》でおばあさん《ノンナ》が作《つく》るカンノーリは、裏《うら》ごししたリコッタに砂糖《さとう》をまぜたものだった。シンプルだけど、おいしかったわ。

海《うみ》へつづくせまい石畳《いしだたみ》の路地《ろじ》に、わたしのお気《き》に入《い》りのお菓子屋《パスティチェリア》があったわ。あの店《みせ》のクリームは、くだいたピスタチオがたっぷり入《はい》っていた。

そしてわたしのマンマのカンノーリは、オレンジピールと、刻《きざ》んだレーズンがたっぷり入《はい》って、とっても大《おお》きくて……。

ふるさとのカンノーリとくらべると、このカンノーリはずいぶん小《ちい》さいわ。けれど、いまのわたしには、食《た》べやすくてピッタリ。もう一本食《ぽんた》べたくなった。

サクッサクッ！　カンノーリを食《た》べながら、いろんなことを思《おも》いだした。

映画女優《えいがじょゆう》になることを夢《ゆめ》みていた子《こ》どものころ。

学生時代《がくせいじだい》、アルバイトでファッションモデルをはじめたこと。それからスカウトされて、映画《えいが》デビューした日《ひ》のこと。モデルから女優《じょゆう》への転身《てんしん》は苦労《くろう》が多《おお》かったわ。そして結《けっ》婚《こん》して、ルカが生《う》まれて……。『孤独《こどく》な旅行者《りょこうしゃ》』一作目《さくめ》を撮影《さつえい》したのは、ルカが一才《さい》のころ。

『イタリアの映画《えいが》の女優《じょゆう》』であったわたしは、この映画《えいが》の成功《せいこう》で『世界《せかい》の映画女優《えいがじょゆう》』になった。そして、いまここにいる——。

「マンマ、カンノーリの味《あじ》は、どう？」

ルカがきいた。

「オッテモ！　ルカ、ありがとう。」

わたしは、カンノーリがおいしくて、ルカの気持《きも》ちがうれしくて、こころから言《い》った。

「みなさん、ありがとう。マンマが、とーってもおいしいって！」

ルカが日本語《にほんご》でわたしの言葉《ことば》を伝《つた》えた。

「ところで、このリコッタクリームにはなにが入《はい》っているのかしら？」

「ボクが当《あ》ててみせるよ。」

と言《い》って、カンノーリをパクッと食《た》べた。

「うん、おいしい……。あっ、わかった！　この粒々《つぶつぶ》は『粒《つぶ》あん』だ。」

ルカがニッコリして言《い》った。

「『粒《つぶ》あん』は、豆《まめ》から作《つく》る日本《にっぽん》の伝統《でんとう》のお菓子《かし》なんだよ。」

ルカが得意《とくい》げに言《い》った。

まぁ、日本《にっぽん》のお菓子《かし》が入《はい》っているの？　この小《ちい》さなカンノーリの中《なか》に、日本《にっぽん》とシチリアの味《あじ》が、ひとつになっているなんて……。なんてステキなことでしょう！

おいしくてこころのこもったカンノーリを食《た》べて、わたしはすっかり元気《げんき》をとりもどした。

「すばる、なぎさ、カノン、グラッツィエ！」

わたしは、ひとりひとりをギューッと抱《だ》きしめた。

13 夢《ゆめ》のようなレッドカーペット

「パティシエ見習《みなら》いさんたち、さきほどはひどいことを言《い》ってしまった。お詫《わ》びします。……つまり、ごめんなさい。きみたちのカンノーリのおかげで、ダニエラさんに笑顔《えがお》がもどりました。ありがとう。」

映画祭《えいがさい》スタッフの人《ひと》が、真剣《しんけん》な顔《かお》で言《い》った。

「おじさん、もういいよ。」

カノンがマジメな顔《かお》で言《い》った。

「だけど、すごくいそがしい二日間《ふつかかん》だったな。よろこんでもらえて、ホントよかった。」

渚《なぎさ》がにっこり笑《わら》って言《い》った。

「では、あとかたづけをして帰《かえ》りましょう。」

クロエ先生《せんせい》が言《い》った。

三人《にん》でテキパキと荷物《にもつ》をまとめて、キッチンから出《で》た。

えっ、なにがはじまったの……!? わたしたちは、おどろいて顔《かお》を見合《みあ》わせた。

だってね、スイートルームがまるでオフィスのようになっているんだもん。

映画祭《えいがさい》スタッフの人《ひと》たちが、電話《でんわ》をかけたり、パソコンを操作《そうさ》したり、いそがしそうにお仕事《しごと》をしている。

「ダニエラさんがレッドカーペットを歩《ある》く——。それだけで、こんなに大勢《おおぜい》の人《ひと》たちが動《うご》くのね。」

つばさちゃんが、つぶやいた。

「大《おお》きな黒《くろ》い箱《はこ》を持《も》った男《おとこ》の人《ひと》が入《はい》ってきた。きっとダニエラさんのヘアメイクアーティストさんよ!」

カノンが興奮《こうふん》して言《い》った。すると——。

「つばさ、すばる、カノン、なぎさ。ここはとてもいそがしいです。ぼくたちは、かいじょうへいきましょう、アンディアーモ!」

ルカが楽《たの》しそうに言《い》った。

「えっ、会場《かいじょう》へ行《い》くって、まさか……。」

カノンが、ルカくんを見《み》た。

「みなさん、さいこうのマンマをみてください！」

うれしそうに答《こた》えた。


ルカくんに連《つ》れられて、ついたところは、霞町《かすみまち》ヒルズ。今日《きょう》から十日間《とおかかん》、約《やく》二百五十本《ぽん》の映画《えいが》が上映《じょうえい》される『六本木国際映画祭《ろっぽんぎこくさいえいがさい》』のメイン会場《かいじょう》だ。オープニングイベントは、このエントランス・ホールで行《おこな》われるんだ。

「すごい……。」

わたしは、目《め》の前《まえ》に広《ひろ》がる光景《こうけい》を見《み》て息《いき》を飲《の》んだ。

「この場所《ばしょ》、最高《さいこう》！　車道《しゃどう》から一直線《いっちょくせん》にのびるレッドカーペットを、見《み》ることができるわ。」

カノンがうっとりして言《い》った。

「スゲー、めっちゃ眺《なが》めがいい！」

渚《なぎさ》がうれしそうに言《い》った。

「映画関係者《えいがかんけいしゃ》しか入《はい》れないエリアみたいね。」

つばさちゃんが周《まわ》りをグルッと見回《みまわ》して言《い》った。

「ダニエラさんがお元気《げんき》になられて、ほんとうによかったですわ。パティシエ見習《みなら》いさんのお手柄《てがら》ですね。」

つばさちゃんママが、クロエ先生《せんせい》に話《はな》しかけた。

「はい、よくがんばりました。でもこのオーダーのはじまりは、緑川《みどりかわ》さんです。ルカくんがホームステイしていなかったら、カンノーリを作《つく》ることもなかったでしょう……。」

クロエ先生《せんせい》が答《こた》えた。

「えっ、ルカ、つばさちゃんちに泊《と》まってたの？」

渚《なぎさ》がルカくんにきいた。

「はい！　でも、つばさががっこうへいっているときは、マンマのホテルへいったりしました。」

ルカくんが楽《たの》しそうに答《こた》えた。渚《なぎさ》が一気《いっき》にドヨーンとなった。そのとき――。

わたしの目《め》の前《まえ》に人《ひと》が立《た》ち、ピカッとまぶしい光《ひかり》を当《あ》てた。カメラと大《おお》きなマイクもあらわれて、テレビの中継《ちゅうけい》がはじまった。

「……注目《ちゅうもく》は『孤独《こどく》な旅行者《りょこうしゃ》』主演《しゅえん》で初来日《はつらいにち》のダニエラさんです。インタビューでは笑顔《えがお》を見《み》せてくれませんでした。レッドカーペットでは、ダニエラ・スマイルを見《み》せてくれるでしょうか？」

わたしたちのすぐそばで、タレントさんがしゃべっている。

「勝手《かって》なこと言《い》うね。ホームシックで体調《たいちょう》が悪《わる》くても、ダニエラさんはインタビューに答《こた》えていたのに！」

カノンがプンプンして言《い》った。

「女優《じょゆう》さんって、ほんとうじゃないことも、言《い》われちゃうのね。華《はな》やかなだけじゃない、きびしいお仕事《しごと》だなぁ。」

わたしは、しみじみと言《い》った。

「パティシエもきびしいよ。今回《こんかい》のオーダーは、ホント大変《たいへん》だった。」

渚《なぎさ》がマジメな顔《かお》で答《こた》えた。

「どんなお仕事《しごと》も、大変《たいへん》なのよ。」

「どうしたの、つばさちゃん？」

つばさちゃんの声《こえ》が、あまりに真剣《しんけん》だったので、驚《おどろ》いてきいた。

「じつはね、この六本木《ろっぽんぎ》国際《こくさい》映画祭《えいがさい》に関係《かんけい》しているえらい人《ひと》が、パパの友《とも》だちなの。それでルカくんをわたしの家《いえ》へ『極秘《ごくひ》』でご招待《しょうたい》したの。今日《きょう》のオープニングイベント、パパが招待《しょうたい》されていたのだけど、急患《きゅうかん》が入《はい》って行《い》けないって連絡《れんらく》が来《き》たの。パパ、なんでもないふりしてたけど、ダニエラさんのファンだから、きっとガッカリしていると思《おも》うな。」

つばさちゃんが教《おし》えてくれた。

遠《とお》くでパパパッとカメラのフラッシュがまたたいた。

うわぁ、俳優《はいゆう》さん、女優《じょゆう》さん、監督《かんとく》を乗《の》せた車《くるま》が到着《とうちゃく》しはじめたよ。ダニエラさんの車《くるま》は、まだかな？

「ねぇ、カノンちゃん。今日《きょう》はお洋服《ようふく》、気《き》にしないの？」

つばさちゃんがきいた。

「うん！　だってこの服《ふく》は〝パティシエ見習《みなら》い〟のユニフォームだもん。こんなステキな場所《ばしょ》に、このユニフォームでいるなんて最高《さいこう》……。」

カノンの声《こえ》が、大歓声《だいかんせい》でかき消《け》された。

たくさんのフラッシュを浴《あ》びる車《くるま》――。

「あっ、ダニエラさんがおりてきた！」

渚《なぎさ》がさけんだ。

「真《ま》っ赤《か》なシルクサテンのドレスよ。背中《せなか》が大《おお》きくあいてる。ドキドキするくらい、カッコイイ。背中《せなか》の美《うつく》しい筋肉《きんにく》にダイヤのロングネックレスが輝《かがや》いてる。」

カノンが夢中《むちゅう》でダニエラさんのファッションチェックをしている。

正面《しょうめん》から見《み》るとシンプルなんだけど、うしろ姿《すがた》が超《ちょう》カッコイイ。

沿道《えんどう》に集《あつま》ったファンの声援《せいえん》に笑顔《えがお》で応《こた》え、ダニエラさんがゆっくり歩《ある》いてる。

「まさに大女優《だいじょゆう》の風格《ふうかく》ですわ……。若《わか》いころは、オーディションに落《お》ちてばかりいたと聞《き》いていますが、信《しん》じられませんわ。」

つばさちゃんママがため息《いき》をついて言《い》った。

「それは、シチリアの言葉《ことば》のせいではありませんか？」

クロエ先生《せんせい》がルカくんに聞《き》いた。

「はい。いまでも　マンマは　ことばには　きを　つけている　といっています。」

ルカくんが答《こた》えた。

「ダニエラさん、きれいなだけじゃない。努力家《どりょくか》なんだ。ねぇ、大《だい》スターがママってどんな気持《きも》ち？」

わたしはルカくんにきいた。

「……ほこらしくて、すこし、さびしい。でもね、マンマとぼくは、はなれているときも、こころはつながっているの。それでもさびしいときは、カンノーリをたべるよ！」

レッドカーペットを優雅《ゆうが》に歩《ある》くダニエラさんを見《み》つめながら言《い》った。

その視線《しせん》に気《き》がついたダニエラさんが、ルカくんに向《む》かって手《て》をふった。なんてステキな笑顔《えがお》だろう……。ほんとうだ、ルカくんとダニエラさんのこころは、はなれていてもつながってるね。

フラッシュを浴《あ》びるダニエラさんを見《み》て思《おも》った。

そして月日《つきひ》は過《す》ぎて、三か月後《げつご》――。

今日《きょう》は一学期《がっき》の終業式《しゅうぎょうしき》。わたしは、体育館《たいいくかん》の軒下《のきした》を見上《みあ》げた。

四月《がつ》の始業式《しぎょうしき》の日《ひ》、つばさちゃんといっしょに見《み》たツバメの巣《す》が、今《いま》は空《から》っぽになってる。

「ついこのまえまで、ピーピーとエサをねだっていたのに、巣立《すだ》っていったんだね。」

わたしはカノンに言《い》った。

「うん、空《から》っぽだね。また、もどってくるかな？」

カノンが言《い》った。

「もどってくるさ。それより明日《あした》から夏休《なつやす》みだぜ。」

渚《なぎさ》がうれしそうに言《い》った。

「夏休《なつやす》みはうれしいけどさ、通知表《つうちひょう》がなぁ……。」

わたしは、ため息《いき》が出《で》ちゃった。

「気《き》になるの？　わたしはぜんぜん気《き》にならないな。」

カノンがニカッと笑《わら》った。

「えっ、ほんと？　カノンちゃんは成績《せいせき》に自信《じしん》があるのね。」

さっきまで、だまってたつばさちゃんが、ビックリして言《い》った。

「うん、あるよ。たぶん真《ま》ん中《なか》にズラーッて○！　それより、夏休《なつやす》みは『小学生《しょうがくせい》トップ・オブ・ザ・パティシエ・コンテスト』で作《つく》るケーキの練習《れんしゅう》をしなくちゃ、ねっ！」

カノンが力強《ちからづよ》く言《い》った。

「うん！　予選《よせん》は九月《がつ》二十五日《にち》、二学期《がっき》がはじまってすぐだもの。」

わたしの言葉《ことば》に、つばさちゃんと渚《なぎさ》がうなずいた。

「あっ、二学期《がっき》といえば——。わたしのクラスに転校生《てんこうせい》が来《く》るんだって。大江山先生《おおえやませんせい》が言《い》ってたわ。」

つばさちゃんが言《い》った。

だけど、ヘンなの。二学期《がっき》のことを、どうして今言《いまい》うんだろう？

「今日《きょう》の終業式《しゅうぎょうしき》に来《き》て、転校《てんこう》のあいさつをするんですって。夏休《なつやす》みをみんなといっしょに過《す》ごしたいって言《い》ってたわ。」

そう言《い》いながら、校舎《こうしゃ》のほうをチラチラ見《み》てる。いつも落《お》ちついている、つばさちゃん

なのに、どうしたんだろう？　それに「言《い》ってた」って、どういうこと？
と、そのとき――。
「チャオ！　つばさ！　すばる！　カノン！　なぎさー。」
わたりろうかの向《む》こうから、ききおぼえのある声《こえ》がした。
この声《こえ》は、ルカくん!?
ダニエラさんの息子《むすこ》のルカ・アーマ・ウナ・トルタくんだ……。

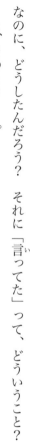

うっそぉ……転校生《てんこうせい》が、ルカくんだなんて!?

「おかえり、ルカくん!」

つばさちゃんが、手《て》をふって答《こた》えた。カノンが目《め》をパチパチしている。渚《なぎさ》が、ポカンと口《くち》をあけてる。

キーンコーン・カーンコーン――。

チャイムがひびいた。さぁ、終業式《しゅうぎょうしき》がはじまる。ルカくんといっしょの夏休《なつやす》み、なにがおきるかな? わたしは楽《たの》しみで、ワクワクしている。

おしまい☆

ティラミスを作《つく》ろう！

今回《こんかい》のレシピは、人気《にんき》のイタリアのお菓子《かし》、ティラミスを紹介《しょうかい》します☆　大切《たいせつ》なことは『マスカルポーネ』というチーズを用意《ようい》すること。カンノーリにリコッタが欠《か》かせないように、ティラミス作《づく》りには、マスカルポーネが欠《か》かせないからね。このレシピはカスタードクリーム作《づく》りから始《はじ》まるんだよ。こうするとマスカルポーネの風味《ふうみ》が引《ひ》き立《た》つし、日《ひ》もちもよくなるんだ。ぜひ作《つく》ってみてね！

★材料《ざいりょう》(およそ10×20㎝《センチ》容器《ようき》1個分《こぶん》・小《ちい》さなカップなら10～12個分《こぶん》)

【マスカルポーネクリーム】

●マスカルポーネチーズ　250グラム　●牛乳《ぎゅうにゅう》　150cc《シーシー》

●卵黄《らんおう》　40グラム(M《エム》サイズ2個《こ》が目安《めやす》)

●グラニュー糖《とう》　60グラム　●粉《こな》ゼラチン　4グラム

●生《なま》クリーム　100cc《シーシー》

【コーヒーシロップ】

●グラニュー糖《とう》　100グラム　●水《みず》　150cc《シーシー》

●顆粒《かりゅう》コーヒー　大《おお》さじ2

●フィンガービスケット　10～12本《ほん》　●ココア　適量《てきりょう》

★下準備《したじゅんび》　粉《こな》ゼラチンを水《みず》30cc《シーシー》（分量外《ぶんりょうがい》）でふやかしておく。マスカルポーネを大《おお》きめのボウルに入《い》れて、ハンドミキサーまたはホイッパーでなめらかにする。生《なま》クリームを八分《はちぶ》立《だ》てにホイップし、冷蔵庫《れいぞうこ》で冷《ひ》やしておく。

★作《つく》り方《かた》

【カスタードクリームを作《つく》る】

①ボウルの中《なか》に卵黄《らんおう》とグラニュー糖《とう》を入《い》れ、ホイッパーですり混《ま》ぜる。
②ナベに牛乳《ぎゅうにゅう》を入《い》れ、火《ひ》にかける。フツフツと小《ちい》さな泡《あわ》が出《で》てきたら火《ひ》を止《と》め、①のボウルへ静《しず》かにそそぎ、よく混《ま》ぜる。

③牛乳《ぎゅうにゅう》の入《はい》っていたナベにこし器《き》を置《お》き、②を流《なが》し入《い》れてこし、弱火《よわび》にかける。焦《こ》げないようにゴムべらでなべ底《ぞこ》を混《ま》ぜ、とろみがついたら火《ひ》を止《と》め、ふやかしたゼラチンを加《くわ》え混《ま》ぜる。

④ボウルを用意《ようい》し、そこへこし器《き》を置《お》き③を流《なが》し入《い》れ、こす。

⑤一回《ひとまわ》り大《おお》きなボウルに氷水《こおりみず》を作《つく》り、④をヘラでかき混《ま》ぜながら冷《ひ》やす。もったりしてきたらカスタードクリームの完成《かんせい》。

【マスカルポーネクリームを完成《かんせい》させる】

⑥なめらかにしておいたマスカルポーネの中《なか》へ⑤で作《つく》ったカスタードクリームを少《すこ》しずつ加《くわ》え、ハンドミキサーかホイッパーでよく混《ま》ぜる。
⑦⑥の中《なか》へ八分立《はちぶだ》てしたホイップクリームを混《ま》ぜる。

【コーヒーシロップを作《つく》る】

⑧ナベにグラニュー糖《とう》と水《みず》を入《い》れ沸騰《ふっとう》させ、シロップを作《つく》る。粗熱《あらねつ》がとれたら容器《ようき》に90cc《シーシー》取《と》り、顆粒《かりゅう》コーヒー（インスタントコーヒー）を加《くわ》え、冷《さ》ます。

【ティラミスを組《く》み立《た》てる】

⑨容器《ようき》の底《そこ》にフィンガービスケットをすき間《ま》なくしきつめる。（容器《ようき》の大《おお》きさに合《あ》わせて折《お》る）⑧で作《つく》ったコーヒーシロップを、ハケを使《つか》いたっぷり染《し》みこむように塗《ぬ》る。

⑩⑨の上《うえ》に⑦のマスカルポーネクリームの半分《はんぶん》を流《なが》し入《い》れる。
⑪⑩の上《うえ》にフィンガービスケットをしきつめ、たっぷりとコーヒーシロップを塗《ぬ》り、残《のこ》りのマスカルポーネクリームを流《なが》し入《い》れる。

⑫ラップ・フィルムを張《は》り、冷蔵庫《れいぞうこ》で１時間《じかん》ほど冷《ひ》やし固《かた》め、食《た》べる前《まえ》に表面《ひょうめん》に茶《ちゃ》こしを使《つか》いココアをふりかける。好《この》みの量《りょう》を大《おお》きなスプーンで皿《さら》に取《と》りわける。仕上《しあ》げにミントの葉《は》を飾《かざ》る。好《す》きなフルーツを添《そ》えてもおいしい。

♥すばるからのアドバイス♥

フィンガービスケットが手《て》に入《はい》らない！　そんなときは、あわてないでね。

スポンジケーキを、薄《うす》くスライスして（できたら4枚《まい》、難《むずか》しかったら3枚《まい》に）使《つか》ってみよう。　スポンジケーキもなかったら、フィンガービスケット作《づく》りにチャレンジしてみよう。

●「やけどに気《き》をつけて、おうちの人《ひと》といっしょに作《つく》りましょうね。」

●監修／マウジー　三好由美子

フィンガービスケットの作《つく》り方《かた》はこちら!!

★材料《ざいりょう》35～40本分《ほんぶん》
●卵黄《らんおう》　50グラム(M《エム》サイズ3個《こ》が目安《めやす》)　●卵白《らんぱく》　60グラム(同《どう》2個《こ》が目安《めやす》)
●グラニュー糖《とう》　60グラム　●薄力粉《はくりきこ》　30グラム
●コーンスターチ　30グラム　●バニラオイル　1滴《てき》　●粉砂糖《こなざとう》　適量《てきりょう》

★下準備《したじゅんび》　グラニュー糖《とう》は10グラムと50グラムに分《わ》ける。薄力粉《はくりきこ》とコーンスターチを合《あ》わせ、ふるっておく。オーブンを210度《ど》に温《あたた》め、天《てん》パンにクッキングシートをしいておく。

★作《つく》り方《かた》
①ボウルに卵黄《らんおう》とグラニュー糖《とう》10グラムを入《い》れ、ハンドミキサーかホイッパーで泡立《あわだ》てる。全体《ぜんたい》が白《しろ》っぽくなったらバニラオイルを入《い》れる。
②別《べつ》のボウルに卵白《らんぱく》と残《のこ》りのグラニュー糖《とう》を入《い》れ、ハンドミキサーかホイッパーで泡立《あわだ》て、メレンゲを作《つく》る。
③ゴムべらで②を少《すこ》しすくい①の中《なか》へ入《い》れ、なじませる。
④②を①の中《なか》へ全部《ぜんぶ》入《い》れ、ゴムべらでサックリと混《ま》ぜる。
⑤④の中《なか》へ下準備《したじゅんび》でふるっておいた粉《こな》を入《い》れ、ゴムべらで切《き》るように混《ま》ぜ合《あ》わせる。
⑥直径《ちょっけい》1㎝《センチ》の口金《くちがね》をつけた絞《しぼ》り袋《ぶくろ》に⑤を入《い》れ、クッキングシートをしいた天《てん》パンに絞《しぼ》り出《だ》す。長《なが》さの目安《めやす》は5㎝《センチ》、しぼる間隔《かんかく》は2㎝《センチ》くらい。(生地《きじ》がくっついてしまっても、ティラミス容《よう》器《き》に合《あ》わせてしきつめるから、心配《しんぱい》ない。)
⑦粉砂糖《こなざとう》を茶《ちゃ》こしに入《い》れ、しぼった生地《きじ》の上《うえ》に、ふりかける。210度《ど》のオーブンで約《やく》8分《ふん》焼《や》いてできあがり。
●「アイスクリームに添《そ》えても、そのまま食《た》べてもおいしいよ!」

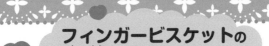

あとがき

　こんにちは、すばるです☆　なんと『あとがき』初登場《はつとうじょう》です！　じつはね、この物語《ものがたり》を書《か》いている、つくもようこさんに呼《よ》ばれたの。初《はじ》めてだから、ドキドキしてます。

　みんなも来《く》るはずだけど……。あっ、来《き》た！

「すばる、『あとがき』にイラストないって、ホント？　オシャレしてきたのになぁ……。」

　カノンがため息《いき》をついた。

「……あるわけ、ないじゃん。ってかさ村木《むらき》、その服《ふく》、いつもとどこが違《ちが》うの？」

　渚《なぎさ》が、不思議《ふしぎ》そうにきいた。

「みなさん、お静《しず》かに。わたしたちがお呼《よ》ばれした理由《りゆう》、忘《わす》れたのですか？」

　クロエ先生《せんせい》がキリッと言《い》った。

　そうだった！　今回《こんかい》は特別《とくべつ》だから、『あとがき』に呼《よ》ばれたんだった。

「すばるちゃん、カノンちゃん、渚《なぎさ》くん、クロエ先生《せんせい》、今日《きょう》はありがとう！」

　つくもようこさんの声《こえ》がした。メッチャ元気《げんき》そう。（年《とし》はいくつなんだろう？）

「では、始《はじ》めましょう。はじめは、星野《ほしの》さんね。」

クロエ先生《せんせい》が言《い》った。

「はいっ！『パティシエ☆すばる』シリーズ、今回《こんかい》で十巻目《かんめ》となりました。」

「十巻《かん》までつづいたのも、『パティシエ見習《みなら》いさん、ガンバレ！』と、応援《おうえん》してくださる読者《どくしゃ》のみなさまのおかげです。どうもありがとう。」

カノンがしみじみと言《い》った。

「ホント、オレたちいつも力《ちから》をもらっているんだ。パティシエ見習《みなら》いの仕事《しごと》と小学生《しょうがくせい》トップ・オブ・ザ・パティシエ・コンテスト。両方《りょうほう》がんばるから、期待《きたい》してください！」

渚《なぎさ》がガッツポーズをしながら言《い》った。

「三人《にん》が一人前《いちにんまえ》のパティシエになるまで、わたしもいっしょにがんばります。」

クロエ先生《せんせい》がやさしく言《い》った。

そして最後《さいご》は、つくもさんもいっしょに……、せーの！

「『パティシエ☆すばる』を、これからもよろしくお願《ねが》いします！」

星野《ほしの》すばる、村木《むらき》カノン、山本渚《やまもとなぎさ》、マダム・クロエ、つくもようこ

『パティシエ☆すばる』の次《つぎ》のお話《はなし》では
どんなお菓子《かし》が出《で》てくるかな？
また会《あ》おうね！

＊著者紹介

つくもようこ

千葉県生まれ、京都市在住。山羊座のA型。猫とベルギーチョコレートと白いご飯が大好き。尊敬する人、アガサ・クリスティ。趣味はイタリア語の勉強で、将来の夢はイタリアへ留学すること。好きな言葉、「七転び八起き」。著書に「パティシエ☆すばる」シリーズ（講談社青い鳥文庫）。

＊画家紹介

烏羽《からすば》 雨《あめ》

イラストレーター。雑誌や書籍の装画、挿絵などで活躍中。挿絵の仕事に『オズの魔法使い ドロシーとトトの大冒険』「怪盗パピヨン」シリーズ（ともに講談社青い鳥文庫）など多数。

取材協力／
ウィーン菓子 マウジー
パティシエ　中川義彦《なかがわよしひこ》
焼き菓子工房　コレット

この作品は書き下ろしです。

講談社　青い鳥文庫　256-16

パティシエ☆すばる
おねがい！　カンノーリ
つくもようこ

2016年10月15日　第1刷発行
2017年12月5日　第2刷発行

（定価はカバーに表示してあります。）

発行者　鈴木　哲
発行所　株式会社講談社
東京都文京区音羽2-12-21　郵便番号112-8001
電話　編集（03）5395-3536
販売（03）5395-3625
業務（03）5395-3615

N.D.C.913　168p　18cm

装　丁　久住和代
印　刷　図書印刷株式会社
製　本　図書印刷株式会社
本文データ制作　講談社デジタル製作

ISBN978-4-06-285587-7

おもしろい話がいっぱい！

黒魔女さんが通る!! シリーズ

黒魔女さんが通る!! (0)～(20)　石崎洋司
6年1組 黒魔女さんが通る!! (01)～(03)　石崎洋司
黒魔女の騎士ギューバッド (全3巻)　石崎洋司
魔女学校物語 (1)～(3)　石崎洋司

おっことチョコの魔界ツアー　令丈ヒロ子　石崎洋司
恋のギュービッド大作戦！　令丈ヒロ子　石崎洋司
魔リンピックでおもてなし　令丈ヒロ子　石崎洋司

若おかみは小学生！ シリーズ

若おかみは小学生！ (1)～(20)　令丈ヒロ子
おっこのTAI-WANおかみ修業！　令丈ヒロ子
若おかみは小学生！スペシャル短編集(1)～(2)　令丈ヒロ子

アイドル・ことまり！ シリーズ

温泉アイドルは小学生！(1)～(3)　令丈ヒロ子
アイドル・ことまり！ (1)～(2)　令丈ヒロ子
メニメニハート　令丈ヒロ子

妖界《ようかい》ナビ・ルナ シリーズ

妖界ナビ・ルナ (1)～(3)　池田美代子
新 妖界ナビ・ルナ (1)～(11)　池田美代子

劇部《げきぶ》ですから！ シリーズ

劇部ですから！ (1)～(2)　池田美代子

摩訶不思議《まかふしぎ》ネコ・ムスビ シリーズ

秘密のオルゴール　池田美代子
迷宮のマーメイド　池田美代子
虹の国バビロン　池田美代子
海辺のラビリンス　池田美代子
幻の谷シャングリラ　池田美代子
太陽と月のしずく　池田美代子
氷と霧の国トゥーレ　池田美代子
白夜のプレリュード　池田美代子
黄金の国エルドラド　池田美代子
砂漠のアトランティス　池田美代子
冥府の国ラグナローク　池田美代子
遥かなるニキラアイナ　池田美代子

海色のANGEL《エンジェル》 (1)～(5)　池田美代子／作　手塚治虫／原案
13歳は怖い　池田美代子　辻みゆき　伊藤クミコ　にかいどう青

講談社　青い鳥文庫

龍神王子《ドラゴン・プリンス》！シリーズ

龍神王子《ドラゴン・プリンス》！(1)〜(10)　宮下恵茉

パティシエ☆すばる シリーズ

パティシエになりたい！　つくもようこ
ラズベリーケーキの罠《わな》　つくもようこ
記念日のケーキ屋さん　つくもようこ
誕生日ケーキの秘密　つくもようこ
ウエディングケーキ大作戦！　つくもようこ
キセキのチョコレート　つくもようこ
チーズケーキのめいろ　つくもようこ
夢のスイーツホテル　つくもようこ
はじまりのいちごケーキ　つくもようこ
おねがい！　カンノーリ　つくもようこ
パティシエ・コンテスト！(1)　つくもようこ

ふしぎ古書店 シリーズ

ふしぎ古書店(1)〜(5)　にかいどう青

獣《けもの》の奏者《そうじゃ》 シリーズ

獣の奏者(1)〜(8)　上橋菜穂子
物語ること、生きること　上橋菜穂子／著　瀧晴巳／文・構成
パセリ伝説 水の国の少女(1)〜(12)　倉橋燿子
パセリ伝説外伝 守り石の予言　倉橋燿子
ポレポレ日記《ダイアリー》(1)〜(5)　倉橋燿子
地獄堂霊界通信(1)〜(2)　香月日輪
妖怪アパートの幽雅《ゆうが》な日常　香月日輪

化け猫　落語(1)　みうらかれん

予知夢がくる！(1)〜(6)　東　多江子
フェアリーキャット(1)〜(3)　東　多江子
魔法職人たんぽぽ(1)〜(3)　佐藤まどか
ユニコーンの乙女(1)〜(3)　牧野　礼
それが神サマ!?(1)〜(3)　橘　もも
プリ・ドリ(1)〜(2)　たなかりり
放課後ファンタスマ！(1)〜(3)　桜木日向
放課後おばけストリート(1)〜(2)　桜木日向

学校の怪談 ベストセレクション　常光　徹

宇宙人のしゅくだい　小松左京
空中都市００８　小松左京
青い宇宙の冒険　小松左京
ねらわれた学園　眉村　卓

おもしろい話がいっぱい！

パスワード シリーズ

パスワードは、ひ・み・つ new　松原秀行
パスワードのおくりもの new　松原秀行
パスワードに気をつけて new　松原秀行
パスワード謎旅行 new　松原秀行
パスワードとホームズ4世 new　松原秀行
続・パスワードとホームズ4世 new　松原秀行
パスワード「謎《パズル》」ブック　松原秀行
パスワードvs.紅カモメ　松原秀行
パスワードで恋をして　松原秀行
パスワード龍《ドラゴン》伝説　松原秀行
パスワード魔法都市　松原秀行
パスワード春夏秋冬(上)(下)　松原秀行
魔法都市外伝 パスワード幽霊ツアー　松原秀行
パスワード地下鉄ゲーム　松原秀行
パスワード四百年パズル「謎《パズル》」ブック2　松原秀行
パスワード菩薩崎決戦　松原秀行
パスワード風浜クエスト　松原秀行
パスワード忍びの里 卒業旅行編　松原秀行
パスワード怪盗ダルジュロス伝　松原秀行
パスワード悪魔の石　松原秀行
パスワードダイヤモンド作戦！　松原秀行
パスワード悪の華　松原秀行
パスワード　ドードー鳥の罠《わな》　松原秀行
パスワード　レイの帰還　松原秀行
パスワード　まぼろしの水　松原秀行
パスワード　終末大予言　松原秀行
パスワード　暗号バトル　松原秀行
パスワード外伝　猫耳探偵まどか　松原秀行
パスワード外伝　恐竜パニック　松原秀行
パスワード　渦巻き少女《ガール》　松原秀行
パスワード　東京パズルデート　松原秀行
パスワード　UMA《ユーマ》騒動　松原秀行
パスワード　はじめての事件　松原秀行
パスワード　探偵スクール　松原秀行
パスワード　学校の怪談　松原秀行

名探偵 夢水清志郎 シリーズ

そして五人がいなくなる　はやみねかおる
亡霊《ゴースト》は夜歩く　はやみねかおる
消える総生島　はやみねかおる
魔女の隠れ里　はやみねかおる
機巧館《からくりやかた》のかぞえ唄　はやみねかおる
踊る夜光怪人　はやみねかおる
ギヤマン壺の謎　はやみねかおる
徳利長屋の怪　はやみねかおる
人形は笑わない　はやみねかおる
「ミステリーの館」へ、ようこそ　はやみねかおる
あやかし修学旅行　鵺《ぬえ》のなく夜　はやみねかおる
笛吹き男とサクセス塾の秘密　はやみねかおる
オリエント急行とパンドラの匣《ケース》　はやみねかおる
ハワイ幽霊城の謎　はやみねかおる
卒業　開かずの教室を開けるとき　はやみねかおる
名探偵vs.怪人幻影師　はやみねかおる
名探偵vs.学校の七不思議　はやみねかおる
名探偵と封じられた秘宝　はやみねかおる

怪盗クイーン シリーズ

怪盗クイーンはサーカスがお好き　はやみねかおる
怪盗クイーンの優雅な休暇《バカンス》　はやみねかおる

怪盗クイーンと魔窟王《まくつおう》の対決　はやみねかおる
怪盗クイーン、仮面舞踏会にて　はやみねかおる
怪盗クイーンに月の砂漠を　はやみねかおる
怪盗クイーン、かぐや姫は夢を見る　はやみねかおる
怪盗クイーンと悪魔の錬金術師《れんきんじゅつし》　はやみねかおる
怪盗クイーンと魔界の陰陽師《おんみょうじ》　はやみねかおる
ブラッククイーンは微笑《ほほえ》まない　はやみねかおる
怪盗道化師《ピエロ》　はやみねかおる
バイバイ スクール　はやみねかおる
オタカラウォーズ　はやみねかおる
少年名探偵WHO《フー》 透明人間事件　はやみねかおる
少年名探偵虹北恭助の冒険　はやみねかおる
ぼくと未来屋の夏　はやみねかおる
恐竜がくれた夏休み　はやみねかおる
復活!! 虹北学園文芸部　はやみねかおる

大中小《だいちゅうしょう》探偵クラブ シリーズ

大中小探偵クラブ (1)～(3)　はやみねかおる

タイムスリップ探偵団 シリーズ

坂本龍馬は名探偵!!　楠木誠一郎
平賀源内は名探偵!!　楠木誠一郎
聖徳太子は名探偵!!　楠木誠一郎
新選組は名探偵!!　楠木誠一郎
豊臣秀吉は名探偵!!　楠木誠一郎
福沢諭吉は名探偵!!　楠木誠一郎
一休さんは名探偵!!　楠木誠一郎
安倍晴明は名探偵!!　楠木誠一郎
宮沢賢治は名探偵!!　楠木誠一郎
宮本武蔵は名探偵!!　楠木誠一郎
徳川家康は名探偵!!　楠木誠一郎
平清盛は名探偵!!　楠木誠一郎
織田信長は名探偵!!　楠木誠一郎
真田幸村は名探偵!!　楠木誠一郎
源義経は名探偵!!　楠木誠一郎
清少納言は名探偵!!　楠木誠一郎
黒田官兵衛は名探偵!!　楠木誠一郎
伊達政宗は名探偵!!　楠木誠一郎
西郷隆盛は名探偵!!　楠木誠一郎
真田十勇士は名探偵!!　楠木誠一郎
関ヶ原で名探偵!!　楠木誠一郎
ナポレオンと名探偵!　楠木誠一郎

宮部みゆきのミステリー

ステップファザー・ステップ　宮部みゆき
今夜は眠れない　宮部みゆき
この子だれの子　宮部みゆき
蒲生邸《がもうてい》事件 (前編・後編)　宮部みゆき

お嬢様探偵ありす シリーズ

お嬢様探偵ありす (1)～(8)　藤野恵美
七時間目の怪談授業　藤野恵美
七時間目の占い入門　藤野恵美

名探偵 浅見光彦 シリーズ

ぼくが探偵だった夏　内田康夫
耳なし芳一からの手紙　内田康夫
しまなみ幻想　内田康夫

千里眼探偵部 シリーズ

千里眼探偵部 (1)～(2)　あいま祐樹

おもしろい話がいっぱい！

泣いちゃいそうだよ シリーズ

- 泣いちゃいそうだよ　小林深雪
- もっと泣いちゃいそうだよ　小林深雪
- いいこじゃないよ　小林深雪
- ひとりじゃないよ　小林深雪
- ほんとは好きだよ　小林深雪
- かわいくなりたい　小林深雪
- ホンキになりたい　小林深雪
- いっしょにいようよ　小林深雪
- もっとかわいくなりたい　小林深雪
- 夢中になりたい　小林深雪
- 信じていいの？　小林深雪
- きらいじゃないよ　小林深雪
- ずっといっしょにいようよ　小林深雪
- やっぱりきらいじゃないよ　小林深雪
- 大好きがやってくる 七星《ななせ》編　小林深雪
- 大好きをつたえたい 北斗《ほくと》編　小林深雪
- 大好きな人がいる 北斗&七星編　小林深雪
- 泣いてないってば！　小林深雪
- 神様しか知らない秘密　小林深雪
- 七つの願いごと　小林深雪
- 転校生は魔法使い　小林深雪
- わたしに魔法が使えたら　小林深雪
- 天使が味方についている　小林深雪
- 女の子ってなんでできてる？　小林深雪
- 男の子ってなんでできてる？　小林深雪
- ちゃんと言わなきゃ　小林深雪
- もしきみが泣いたら　小林深雪
- 魔法の一瞬で好きになる　小林深雪
- 作家になりたい！ (1)〜(2)　小林深雪

トキメキ♥図書館 シリーズ

- トキメキ♥図書館 (1)〜(14)　服部千春
- たまたま たまちゃん　服部千春

生活向上委員会！ シリーズ

- 生活向上委員会！ (1)〜(5)　伊藤クミコ

エトワール！ シリーズ

- エトワール！ (1)〜(2)　梅田みか

DAYS《ディズ》 シリーズ

- DAYS (1)〜(2)　安田剛士／原作　石崎洋司／文

- おしゃれプロジェクト (1)　MIKA POSA
- a《エ》i《ア》r だれも知らない5日間　名木田恵子
- 初恋×12歳　名木田恵子
- 友恋×12歳　名木田恵子
- ドラキュラの町で、二人は　名木田恵子
- ぼくはすし屋の三代目　佐川芳枝

氷の上のプリンセス　シリーズ

氷の上のプリンセス(1)〜(9)　風野　潮

探偵チームKZ《カッズ》事件ノート　シリーズ

消えた自転車は知っている　藤本ひとみ／原作　住滝　良／文
切られたページは知っている　藤本ひとみ／原作　住滝　良／文
キーホルダーは知っている　藤本ひとみ／原作　住滝　良／文
卵ハンバーグは知っている　藤本ひとみ／原作　住滝　良／文
緑の桜は知っている　藤本ひとみ／原作　住滝　良／文
シンデレラ特急は知っている　藤本ひとみ／原作　住滝　良／文
シンデレラの城は知っている　藤本ひとみ／原作　住滝　良／文
クリスマスは知っている　藤本ひとみ／原作　住滝　良／文
裏庭は知っている　藤本ひとみ／原作　住滝　良／文
初恋は知っている　若武編　藤本ひとみ／原作　住滝　良／文
天使が知っている　藤本ひとみ／原作　住滝　良／文
バレンタインは知っている　藤本ひとみ／原作　住滝　良／文
ハート虫は知っている　藤本ひとみ／原作　住滝　良／文
お姫さまドレスは知っている　藤本ひとみ／原作　住滝　良／文
青いダイヤが知っている　藤本ひとみ／原作　住滝　良／文
赤い仮面は知っている　藤本ひとみ／原作　住滝　良／文
黄金の雨は知っている　藤本ひとみ／原作　住滝　良／文
七夕姫は知っている　藤本ひとみ／原作　住滝　良／文
消えた美少女は知っている　藤本ひとみ／原作　住滝　良／文
妖怪パソコンは知っている　藤本ひとみ／原作　住滝　良／文
本格ハロウィンは知っている　藤本ひとみ／原作　住滝　良／文
アイドル王子は知っている　藤本ひとみ／原作　住滝　良／文
学校の都市伝説は知っている　藤本ひとみ／原作　住滝　良／文
危ない誕生日ブルーは知っている　藤本ひとみ／原作　住滝　良／文

妖精チームG《ジェニ》事件ノート　シリーズ

クリスマスケーキは知っている　藤本ひとみ／原作　住滝　良／文
星形クッキーは知っている　藤本ひとみ／原作　住滝　良／文
5月ドーナツは知っている　藤本ひとみ／原作　住滝　良／文

マリー・アントワネット物語(上)(中)(下)　藤本ひとみ
新島八重《にいじまやえ》物語　幕末《ばくまつ》・維新《いしん》の銃姫《じゅうき》　藤本ひとみ

戦国武将物語　シリーズ

織田信長《おだのぶなが》　炎の生涯　小沢章友
豊臣秀吉《とよとみひでよし》　天下の夢　小沢章友
徳川家康《とくがわいえやす》　天下太平　小沢章友
黒田官兵衛《くろだかんべえ》　天下一の軍師　小沢章友
武田信玄《たけだしんげん》と上杉謙信《うえすぎけんしん》　小沢章友
真田幸村《さなだゆきむら》　風雲！　真田丸　小沢章友
大決戦！　関ケ原《せきがはら》　小沢章友
徳川四天王《とくがわしてんのう》　小沢章友

飛べ！　龍馬《りょうま》　坂本龍馬物語　小沢章友
源氏物語《げんじものがたり》　あさきゆめみし(1)〜(5)　大和和紀／原作　時海結以／文
平家物語《へいけものがたり》　夢を追う者　時海結以
竹取物語《たけとりものがたり》　蒼き月のかぐや姫　時海結以
枕草子《まくらのそうし》　清少納言のかがやいた日々　時海結以
南総里見八犬伝《なんそうさとみはっけんでん》(1)〜(3)　曲亭馬琴／原作　時海結以／文
真田十勇士《さなだじゅうゆうし》　時海結以
雨月物語《うげつものがたり》　上田秋成／原作　時海結以／文

「講談社《こうだんしゃ》 青《あお》い鳥《とり》文庫《ぶんこ》」刊行《かんこう》のことば

太陽《たいよう》と水《みず》と土《つち》のめぐみをうけて、葉《は》をしげらせ、花《はな》をさかせ、実《み》をむすんでいる森《もり》。小《こ》鳥《とり》や、けものや、こん虫《ちゅう》たちが、春《はる》・夏《なつ》・秋《あき》・冬《ふゆ》の生活《せいかつ》のリズムに合《あ》わせてくらしている森《もり》。森《もり》には、かぎりない自然《しぜん》の力《ちから》と、いのちのかがやきがあります。

本《ほん》の世界《せかい》も森《もり》と同《おな》じです。そこには、人間《にんげん》の理想《りそう》や知恵《ちえ》、夢《ゆめ》や楽《たの》しさがいっぱいつまっています。

本《ほん》の森《もり》をおとずれると、チルチルとミチルが「青《あお》い鳥《とり》」を追《お》い求《もと》めた旅《たび》で、さまざまな体験《たいけん》を得《え》たように、みなさんも思《おも》いがけないすばらしい世界《せかい》にめぐりあえて、心《こころ》をゆたかにするにちがいありません。

「講談社《こうだんしゃ》 青《あお》い鳥《とり》文庫《ぶんこ》」は、七十年《ねん》の歴史《れきし》を持《も》つ講談社《こうだんしゃ》が、一人《ひとり》でも多《おお》くの人《ひと》のために、すぐれた作品《さくひん》をよりすぐり、安《やす》い定価《ていか》でおおくりする本《ほん》の森《もり》です。その一さつ一さつが、みなさんにとって、青《あお》い鳥《とり》であることをいのって出版《しゅっぱん》していきます。この森《もり》が美《うつく》しいみどりの葉《は》をしげらせ、あざやかな花《はな》を開《ひら》き、明日《あす》をになうみなさんの心《こころ》のふるさととして、大《おお》きく育《そだ》つよう、応援《おうえん》を願《ねが》っています。

昭和《しょうわ》五十五年《ねん》十一月《がつ》

講談社